KB171697

말과 말

- 좌충우돌 승마 표류기 -

정구현 지음

말과 말 - 좌충우돌 승마 표류기 -

발 행 | 2022년 06월 03일
저 자 | 정구현
펴낸이 | 한건희
펴낸곳 | 주식회사 부크크
디자인 | arti.bee
출판사등록 | 2014년 7월 15일(제2014-16호)
주 소 | 서울특별시 금천구 가산디지털1로 119 SK트윈타워 A동 305호
전 화 | 1670-8316
이메일 | info@bookk.co.kr

ISBN | 979-11-372-8461-6

www.bookk.co.kr

정구현

말과 말

- 좌충우돌 승마 표류기 -

CONTENTS

제1장
말과 말하다

에피소드

제2장
말을 말하다

에피소드

제3장
말 그리고 말

에피소드

프롤로그

—

스쳐 가는 경험을 되새기기 위해

지금까지 정말 열심히 살아왔습니다. 하지만 제 성격상 항상 부족함을 느꼈습니다. 저는 스스로가 목적을 세우고 이를 이루려고 노력하려는 병적인 성격을 지녔습니다. 그래서 항상 나를 채워줄 무언가가 필요했습니다. 그렇게 시작한 것이 말과 함께하는 운동이었고 작은 목적들을 함께 이루어 가는 것이 행복했습니다.

• 메모의 시작

제 인생에서 국내외 교관, 선수, 수의사, 장제사, 트랙 라이더 등 말로 먹고사는 다양한 직업군들을 만날 수 있는 경험은 최고의 행운이었습니다. 이러한 전문가들과 말이라는 공통된 관심사가 있었기 때문에 수많은 대화를 통해 정보를 공유할 수 있었습니다. 말주변도 부족하고 쑥스러움도 많은 저는 이때마다 말이 술

술 나오는 저 자신에게 너무 행복감을 느꼈습니다. 이러한 설렘을 간직하고 공유했던 정보들을 잊지 않기 위해 틈틈이 적어뒀던 메모들이 이 글의 초석들입니다. 이러한 경험적 지식이 다른 사람들의 상황에 꼭 들어맞진 않겠지만, 이 글을 읽는 누군가 제가 몸소 겪은 생생한 경험을 간접적으로나마 접한다면 현장에서 실수를 조금이나마 줄일 수 있다고 믿습니다.

먼 옛날 나이가 많은 추장들이 부족원들에게 자신의 경험을 이야기해 줌으로써 시행착오를 반복하지 않고 더 발전할 수 있도록 도왔듯이 제가 겪었던 시행착오나 경험들을 다른 이들한테 소개해 주고 싶었습니다. 그렇다고 제가 엄청난 실력이 있어서 그런 것은 절대 아닙니다. 하지만 엄청난 행운은 있었다고 생각합니다. 말에 관한 한 최적의 인프라가 갖춰진 곳에서 최고 수준의 전문가들과 함께 생활할 수 있었던 것이 그 한 가지입니다. 또한, 지금까지 운 좋게도 다양한 말 친구들을 만났습니다. 예민한 말(스위프트), 무거운 말(돈카타니, 로디), 악벽이 있는 말(필란더), 다리가 짧은 하프링거 종(오노라), 경주퇴역마(쿠키), 승마용 말(크로스파이어, 프리스비), 독일 말(케스트 어웨이, 마이레이디), 호주 말(스파이스, 난사무, KRA 펠로우), 미국 말(체스터) 등 수많은 말들을 만났지만 마종 및 성격도 제각각이었습니다. 솔직히 해외 동영상에 나오는 정말 좋은 말이나 선수들이 타는 훈련이 잘 된 말, 고가의 말들은 구경은 해 봤지만 타 본 경험은 거의 없습니다. 제가 다양한 말을 탄 경험은 우리나라의 실정에 딱 맞는다고 생각됩니다. 대부분의 한국 승마장의 현실을 아는 독자라면 공감이 갈 것입니다.

• 경험하고 기록하고 공유하라

제 글은 제 생각과 느낌을 적은 경험적 지식이 전부입니다. 사실 이런 지식은 저부터 필요했습니다. 승마를 우연히 접했지만 스스로 공부하기엔 교육 환경이 너무나도 척박했습니다. 궁금증을 해소하기 위해 승마 교재를 찾으면 대다수가 외국 서적의 번역본이어서 한국 문화에 맞지 않는 부분이 많았고, 심지어 책에 나오는 용어와 실제 마장에서 쓰는 용어에서도 차이가 있었습니다. 사실 한국 승마장에서 쓰는 용어는 일본식 용어도 있고, 선수들의 경우에는 승마를 배운 나라(독일, 프랑스 등)에 따라 다른 용어를 쓰기도 했습니다. 그리고 말이 정말 다릅니다. 외국 서적에 나오는 말들은 승마용 말이자 훈련이 잘 된 말을 기준으로 합니다.

하지만 우리나라의 경우 승마용 말보단 경주 퇴역마나 조랑말 같은 말로, 승마가 비전공인 말들이 대부분인 게 현실입니다. 이러한 악조건 속에서도 운 좋게 최고의 전문가들을 만났고, 그들의 경험과 노하우를 배울 기회가 있었다는 것을 진심으로 감사하게 생각합니다. 이 글은 100% '리얼'이며, 땀내 가득한 기록입니다. 솔직히 굉장히 신나는 일을 했을 때, 또 새로운 무언가를 발견해 냈을 때 다른 사람에게 미치도록 자랑하고 싶은 마음이었던 것 같습니다. 또한, 몸과 마음 곳곳에 남아 있는 즐거움의 여운을 오랫동안 간직하고 싶어서 이렇게 메모하고 글을 쓰고 있는지도 모릅니다. 지금도 틈틈이 기록을 남기고 있고, 앞으로도 말에 오르는 한 기록은 계속될 것입니다. 말은 인류와 함께한 역사도 오래되었고 다양한 이야깃거리가 있습니다. 이런 다양한 변수들에 따라 에피소드는 다양해지고 저의 글은 풍부해집니다.

• 부끄럽지만 세상 밖으로

지금까지 쭉 적어온 기록을 정리하면서 얼마나 고민했는지, 얼마나 많은 전문가를 만나고 관련 서적을 들춰 보았는지 똑같은 설명이라도 초보일 때 이해하던 것과 얼마간의 시간이 지난 후 다시 이해하는 것이 얼마나 다른지 알 수 있는 기회였습니다. 그동안의 경험을 통해 이해의 폭을 넓히고, 재해석할 수 있는 능력이 생겼다고 할까요? 동일한 내용이었지만 경험이 가미된 지식은 스스로 이해하는 데 훨씬 큰 도움을 주었고, 저의 기억을 보다 생생하게 일깨워 주었습니다. 처음 시작하는 승마인, 또한 일정 단계에 오른 승마인들은 각자의 경험에 따라 이 글을 받아들이는 정도가 다르리라 생각됩니다. 하지만 같은 승마인으로서 충분한 공감대를 형성할 수 있으리라 믿어 의심치 않습니다. 한편으로는 저의 주관적인 기록을 세상에 공개하기가 부끄러웠습니다. 하지만 나와 같은 고민에 빠졌던 승마인들에게 도움이 되고 싶다는 생각, 작은 날개를 달아주고 싶은 마음이 더 컸기에 세상 밖으로 공개하려고 합니다.

등장하는 친구들

돌카타니
골디
난사우
마이레이디
스위프트
스파이스
오로라
체스터
크로스파이어
키스트어웨이
쿠키
필란더
프리스비
kRA 펠로우

제1장

말과 말하다

"My horse feeds my soul."

말은 저와 영혼의 단짝이라고 감히 말해봅니다. 함께 지내다 보면 서로 못 미더워하거나 다투기도 하지만 결국 화해하고 함께하며 즐거움을 공유합니다. 저는 말 덕분에 시원한 바람과 자연을 온몸으로 느낄 수 있고, 말은 저를 통해 답답한 마방(馬房)을 나와서 본능에 충실히 달릴 수 있습니다. 말과 함께 노는 의미는 여기에서 찾을 수 있을 것 같습니다. 지금까지 써 온 승마 관련 책이나 칼럼들을 보며 '내가 너무 기술에만 집중하는 것은 아닐까?'라는 생각이 들었습니다. 말을 더 잘 타기 위해, 요령을 터득하기 위해 노력한 부분이 많았습니다. 이제부터는 저의 친구, 말에 대한 이야기도 많이 해 보려고 합니다. 물론 승마를 접하려고 하는 사람들에게는 말을 타는 기술에 대한 욕심도 필요하지만, 그전에 말에 대한 이해가 선행되어야 한다고 생각합니다. 승마는 살아있는 동물과 함께하는 특별한 스포츠입니다. 서로 배려하는 것에서부터 진짜 승마 이야기는 시작됩니다. 말은 착해서 자신에게 애정을 가지고 돌봐주는 사람을 잘 따르고 순응합니다. 그래서 말과 교감할수록 좋은 승마 기술을 펼칠 수 있습니다. 제 이야기를 들을 준비되셨나요? 그렇다면 여러분의 영혼을 채워줄 친구들에 관한 이야기를 시작하겠습니다.

말과 '소확행'

작고 사소한 것에서 즐거움을 찾으려 노력하며 승마를 합니다. 일본의 소설가 무라카미 하루키의 『랑겔한스섬의 오후』에서 읽은 '소확행(小確幸)'이라는 단어가 생각납니다. '소소하지만 확실한 행복'은 저마다의 해석과 감상이 있으나 개인적으로는 작은 목표의 성취에서 오는 만족감이 스포츠를 즐길 때 많은 도움이 된다고 생각합니다.

모든 스포츠가 그렇듯이 하다 보면 자꾸 욕심이 생

깁니다. 마음은 선수들처럼 멋진 자세와 능수능란한 기승술* 을 목표로 하지만 현실적으로 어렵다는 것을 잘 압니다. 선수나 전문가들은 하루에 말을 최소 2~3마리에서 많게는 8마리까지 탑니다. 이것은 '역시 선수는 아무나 하는 것이 아니야'라는 생각이 들 만큼 엄청난 연습량입니다. 이렇게 피나는 연습 후에야 멋진 자세와 기승술이 자연스럽게 몸에 배게 됩니다. 또한, 이들의 목표는 금메달부터 다양한 시합에서의 우승 등보다 구체적이고 직업적입니다.

승마를 포함한 다양한 스포츠의 입문자들에게 작은 것에 큰 의미를 두며 즐기라고 하고 싶습니다. 승마를 예로 들면 말과 함께 재미있게 노는 것을 목표로 하는 것입니다. 가끔 말에 올라타서 평보** 로 주변을 돌아보고 말에게 꽃도 보여주고 나무도 보여줍니다. 또 당근도 먹이고 솔질도 해주기도 합니다. 꼭 말을 타고 멋지게 달리지 않더라도 색다른 즐거움이 있습니다. 거대한 꿈을 꾸기 전에 작은 목표를 하나하나 이뤄가다 보면 언젠가 더 큰 꿈이 이루어진다고 믿습니다.

승마인들이여! 작지만 의미 있는 즐거움을 찾으려고

---

* 말을 타는 기술

** 일반적으로 말이 네 발로 편하게 걷는 것이다. 4절도 운동으로 왼쪽 뒷다리, 왼쪽 앞다리, 오른쪽 뒷다리와 오른쪽 앞다리 순으로 이루어진다.

노력해 봅시다. 언젠가 더 큰 즐거움으로 다가올 것입니다.

발걸음

우리가 어떤 스포츠를 배울 때 장비의 특성부터 파악하듯이, 여러분들이 말을 처음 타러 간다면 이론적으로 우선 말의 보법* 중 평보부터 배우게 될 것입니다. 일단 걸어가 봐야겠죠? 그러기 위해서는 배꼽 부근에 손을 가지런히 모아 고삐**를 쥐는 법, 등자***에 왼발부터 걸쳐 올라타는 법 등을 익힙니다. 이러한 것들

* 말의 걸음걸이. 크게 평보, 속보(좌속보, 경속보), 구보, 습보로 나뉜다.
** 말을 조절하고 방향을 잡기 위해 재갈에 부착된 끈
*** 기승자(말에 타는 사람)가 디딜 수 있도록 만들어 놓은 'D'자형의 쇠

을 완벽히 익혔다면 이젠 탈 준비가 된 겁니다. 하지만 이제부터 시작입니다. 이런 기본 요소들이 갖추어지면 그다음은 약간 빠른 속보를 배우는데, 양다리나 양발로 가볍게 몸통에 자극을 주면 말이 걸음을 시작할 것입니다. 사람으로 치면 '통통통' 속도로 빠르게 걷는 정도겠지만 나중에 고급으로 갈수록 통통통 가는 속보나 평보가 가장 어려운 보법으로 칩니다. 하지만 우린 왕초보니까 머리로만 이해하고 넘어갑시다. 처음 배울 때 이 리듬을 익히기 위해 속보 연습을 정말 많이 합니다. 왜냐고요? 말의 리듬을 어느 정도 익힌 후에만 구보를 안정적으로 배울 수 있기 때문입니다. 안장은 말 위에 안정적으로 앉아 있을 수 있도록 도와주는 도구인데 구보를 할 때는 말의 몸통에 양 허벅지를 꼭 붙여야 하며, 기승자의 엉덩이가 반동을 받아 안장에서 미끄럼 타듯이 움직여야 한다고 합니다. 그러나 설명대로 하기가 쉽지 않습니다. 이 세 가지 기본 발걸음을 완벽히 익히면 고급 승마로 갈 수 있는 발판이 만들어집니다. 이 3가지 보법은 기본이지만 전문가들도 느낌에 따라 차이를 느끼며 끊임없이 연습합니다.

*

우리가 승마에 입문하기 전에 발걸음에 대해서 깊이 생각해 보신 적 있나요? 내가 느릿느릿 걷는지, 총총 걷는지, 달리는지……. 그리고 어느 정도로 달려야 빨리 달리는 것인지, 몸을 얼마나 수축해야 발걸음이 잘 나오는지에 대해서 말입니다. 하지만 승마의 세계에 입문한 이상 여러분은 이러한 고민을 수없이 생각하고 몸으로 느끼고 표현하려고 노력할 것입니다. 참고로 여기서 중요한 점이 말은 4발을 다 활용하여 움직이는 동물입니다. 그래서 좌로 돌거나 우로 돌 때 발걸음이 중요합니다. 이런 차이로 머릿속으로는 이해하기 어려울 수 있지만 그래서 더욱 매력 있을 것입니다. 여러분은 이제 승마의 첫 발걸음을 떼는 데 성공하였습니다.

승마와 건강

승마는 스트레스 해소에 탁월한 효과가 있습니다. 동그란 원통형의 말 위에 앉아 있다 보면 평형감각과 유연성이 길러지고, 갑자기 말이 놀라는 것에도 점차 익숙해지면서 스스로 알지 못했던 대담함도 생기게 됩니다. 말을 통해 자신을 되돌아보고 반성하게 되는 등 정신 건강에도 도움이 된다고 생각합니다.

다양한 책과 논문에도 승마를 하면 심폐기능 강화와 신체 발달뿐만 아니라 리듬감, 유연성이 길러진다고 나와 있습니다. 특히 몸이 안장 위에서 움직임으로써 소화기관이 발달해 위장병이나 식욕 부진에 뛰어난 효과가 있다고 합니다. 참 완벽한 운동입니다.

제가 경험한 바로는 솔직히 위장병이 낫거나 식욕이 증진되는 경험을 하지는 못했습니다. 하지만 말을 타고나면 땀이 많이 배출되고, 말에서 안 떨어지려고 온몸으로 버티는 덕에 자연스레 전신 운동이 된다는 점입니다. 특히 말의 반동을 온몸으로 받기 위해 복근과 허벅지 근육을 쓸 수밖에 없기 때문에 신체 강화에 큰 효과가 있습니다. 자기 보호 본능이라고 해야 할까요?

오래 타고 안전하게 타려면 제 몸부터 추스릴 수 있는 능력을 갖추어야 하지 않을까요? 스스로 운동을 하게 만드는 승마, 감히 최고의 스포츠라고 말하고 싶습니다. 그러니까 다이어트 운동기구 중에도 승마의 원리를 이용한 것이 나오는 것 아니겠습니까?

6개월

"말(馬)이 저랑 안 맞는 것 같아요. 바꿔주세요."

"말(馬)이 너무 불편해요. 훈련이 좀 더 잘 된 말(馬) 없어요?"

얼마 후,

"(불만 가득한 표정으로) 말(馬) 때문에 연습이 힘들어요! 어휴."

말(馬)은 자기 위에 올라타는 사람을 기억합니다. 등에 센서라도 달려 있는지 내 위에 있는 사람이 말을 얼마나 탄 사람인지, 초보자인지 아닌지 금방 알아차립니다. 물론, 어떤 말은 사람을 무시하거나 반항하기도 합니다.

한 마리의 말과 팀을 이루게 되면 적어도 6개월은 꾸준히 타 봐야 합니다. 서로를 알아가는 시간 2개월, 말을 타는 기술을 배우는 시간 3개월, 말에게 배운 것을 자유자재로 활용하고 전수하는데 1개월의 시간이 필요합니다.

말(馬)도 개체마다 성격이 다르고 저마다의 습관이

있어서 말과 팀을 이룬 '사람'이 이것을 잘 보듬고 훈련시켜야 합니다.

훈련이 잘된 말(馬)은 원래 좋은 말이 아니라 함께 훈련한 사람의 노력으로 만들어집니다. 이런 과정을 통해 말이 편안히 태워주기도 하고 좋은 기술을 구사할 수 있도록 협력해 주기도 합니다.

장담하건대, 6개월만 꾹 참고 스스로 노력하고 말을 이해해 보려 노력해 보세요. 환상의 짝꿍이 탄생할 것입니다.

너의 편안함

말을 배려해야 한다는 말을 처음 들었을 때는 막연했습니다.

'무슨 말이야, 내가 잘 씻겨 주고 당근 주고 그러면 되는 건가?'

누군가를 이해하기 위해서는 상대방의 입장이 되어서 생각해야 한다는 것을 누구나 알고 있습니다. 하지만 실천하기란 쉽지 않습니다. 인간인 내가 말(馬)과 말(言)이 통하지도 않지만, 말을 리드한답시고 내 이야기만 떠들면 완전히 불통의 상황만 연출됩니다. 그러니까 말과 제대로 즐거운 승마를 하기 위해서는 어려움이 많아도 말의 입장이 되어 생각해 보는 것이 중요합니다. 사람의 배려가 요구되는 부분입니다.

우선 말을 불편하게 해서는 안 됩니다. 예를 들어 구보나 속보를 할 때 기승자가 자세를 똑바로 하고 균형을 잡아, 말이 편하게 갈 수 있도록 해야 합니다. 또한, 고삐를 지나치게 당기지 말고 입을 가볍게 해 줘야 편하게 앞으로 나아갑니다. 발굽에 이물질이 박혔다면 빼주고, 손질을 깨끗이 해줘야 발이 안 아픕니다. 기승자의 엉뚱한 박차*와 채찍 사용은 말을 화나게 할 수 있으니 조심해야 합니다. 몇 가지만 예로 들었는데 이 외에도 챙겨줄 것이 너무나도 많습니다. 그냥 운동용품이라면 쓱쓱 닦아서 구석에다 놔두기만 해도 되겠지만, 말은 살아 있는 생명체입니다. 더욱 조심하고 섬세해야만 합니다.

언제나 네 탓이 아니라 내 탓입니다.

'Give and Take'이지 'Take and Give'가 아닌 것처럼 말입니다.

*

말에게 있어서 발굽은 생명과 같습니다. 그래서 청결이 중요합니다. 발굽에 이물질이라도 끼어 있으면 상처가 생기기도 쉽고 자칫하면 곪기도 합니다. 그래서 기승 전후로 발굽 파개(발굽에 이물질을 효과적으로 파거나 털어낼 수 있는 도구)로 이물질을 파내거나 털어내면 좋습니다. 하지만 발굽을 파기 위해서는 다리를 요령껏 들어야 합니다. 그리고 신속하게 손질해야 안전사고를 예방할 수 있습니다.

---

* 부츠 뒤에 부착해 말에게 자극을 주는 쇠로 만든 도구

우선, 몸통부터 다리까지 손으로 쓸어내려 줘 "내가 지금부터 네 발을 손질할 거야"라고 알려줍니다. 이런 식으로 해주되 말의 왼쪽이 말에게 익숙하니 그쪽부터 시작하면 좋습니다. 보통 말들은 건(다리 뒤쪽 힘줄 부분)을 엄지손가락으로 꾹 눌러주면 다리를 살짝 들어

줍니다. 그렇게 올라온 다리의 발목 부분을 감싸들고 신속하게 쓱싹쓱싹… 동시에 발굽의 홈을 따라 열심히 긁어주고 편자가 잘 붙어 있는지 상처는 없는지 등도 확인해 봅니다. 또한, 올라온 다리를 솔질 후 살짝 내려놔야지 무겁다고 쾅 하고 놓으면 발톱이 깨질 수도 있습니다. 네일케어는 아무리 강조해도 지나치지 않습니다.

승마의 계절 - 여름 편

• Episode 1

어제는 새벽에 비가 너무 많이 와서 말을 못 탔습니다. 그래서 오늘은 한번 제대로 타 보려고 새벽 4시 45분에 눈을 뜨자마자 창 바깥부터 확인했습니다. 다행히 비가 오긴 오지만 말을 탈 수 있을 정도입니다. 부랴부랴 승마복을 입고 갈아입을 옷을 챙겨 마장으로 달려갑니다. 도착하자마자 말을 수장대에 묶은 후 아대를 채우고, 안장을 걸고, 고삐를 채워 밖으로 나갔습니다. 어제 내린 비로 마장 곳곳에 물웅덩이가 있고, 땅의 상태가 좋아 보이지 않습니다. 이런 날은 구보나 속보를 할 때 모래가 많이 튀어서 말들이 싫어할 수도 있고, 물웅덩이에 비친 자신의 그림자에 놀랄 수도 있어 주의가 필요합니다. 열심히 속보, 평보, 구보를 한 후 말을 보니 불편해하고 있습니다. 이유를 찾아보니 뒷다리에 찬 아대에서 그 원인을 찾을 수 있었습니다. 아대는 말의 소중한 발목을 보호하기 위해 채우는데, 비가 내린 후라 진흙과 흙탕물로 뒤범벅이 되어 있었습니다. 그리고 아대와 살갗 사이에 모래가 들어가 말이 걸을 때마다 쓸렸던 것입니다. 저 같아도 비 오는 날 신발에 모래가 들어간다면 굉장히 찝찝할 것 같습니다. 그래서 급한대로 아대를 흙탕물에라도 씻은 후에 다시 채웠습니다. 말의 발걸음이 한결 가벼워지고 제 마음도 그만큼 산뜻해졌습니다.

• Episode 2

오늘은 말을 타기에 좋은 날씨입니다. 장마철이라 바람도 불고, 뜨거운 햇볕에 찡그릴 일도 없으니 아주 좋습니다. 그런데 타다 보면 기습적으로 소나기가 퍼붓습니다. 어디 피할 데도 없어 그냥 운동을 계속해야만 합니다. 정석은 비를 피하기 위해 마방으로 들어가는 것이 맞지만, 오늘 상황을 보니 말도 비를 맞아 시원한 것 같습니다. 물론 이런 날엔 말이 감기에 걸릴 수 있으니 신경을 써야 합니다. 비가 금방 그쳤습니다. 훨씬 상쾌합니다. 속보를 했더니 마치 비를 맞으면서 흙탕물에서 장난을 치는 느낌입니다. 아무튼, 비를 시원하게 맞으며 고삐를 다 풀고 편하게 자유 평보*를 하며 하루를 마무리합니다. 하지만 아직 할 것이 많습니다. 수장대로 돌아와서 장비에 기름칠을 하고, 천 제품은 빨고, 말을 깨끗이 목욕시키고 바짝 말려줘야 합니다. 비 맞은 가죽 제품은 꼭 손질해 줘야 합니다. 누가 승마를 귀족 스포츠라고 말했던가요? 말을 타다 보면 똥, 먼지 등에 노출되고 가죽 장비 또한 땀과 습기에 절어 냄새가 나는 등 깨끗하고 깔끔하게 즐길 수 있는 스포츠가 아님을 알 수 있습니다. 하지만 그것이 승

* 최대한 말의 자유에 맡긴 채 평보로 걷는 것

마의 매력인지도 모르겠습니다. 요즘 말로 '갬성'이라고 할까요? 그리고 무엇보다 장마철에는 꼭 천둥을 조심해야 합니다. 말이 깜짝 놀랄 수 있습니다.

• Episode 3

한여름입니다. 아침에 아무리 일찍 나와도 타다 보면 말과 사람 모두 더위에 지쳐버립니다. 평소 운동량의 70% 정도로 줄여야 하는 이유를 몸소 알게 됩니다. 아침 7시에 벌써 27℃입니다. 강렬한 햇빛이 내리비치는 실외 마장에 그늘은 찾아볼 수 없습니다. 구보를 하면 그나마 시원한 바람을 맞을 수 있지만, 말이 멈추면 금방 더워집니다. 오늘은 무리하지 않기로 합니다. 오랜만에 기초 마장마술 연습을 하기로 했습니다. 마장 전체를 누비며 직선운동을 중점적으로 해봅니다. 말은 뼈 구조상 직선보다는 원운동에 적합하고, 또 네 발의 균형이 적절히 맞아야 멈출 수 있습니다. 그래서 직선운동을 하기 위해선 말이 옆으로 비틀거릴 틈을 주지 않고 리듬이나 속도를 유지하는 것이 중요하다고 합니다. 연습하고 있는데 옆에 마장마술 선수이시기도 한 전재식 감독님이 보입니다. 말을 타고 제자리에서 피아페* 기술을 선보이네요. 감독님은 속보를 하지만 신장속보**이기 때문에 저의 구보보다 속도와 거리 면에서 우월합니다. 이런 게 말 타는 묘미인 것 같습니다.

---

* 말이 제자리에서 약간씩 전진하는 최대 수축운동

** 속보의 속도로 신장(몸을 쭉쭉 펴서)해서 가는 것이다. 훈련 잘 된 말이 다리가 쭉쭉 뻗어 구보보다 빠른 발걸음으로 가기도 한다.

보통 초보자들은 머릿속으로 속보가 구보보다 느리다는 고정관념을 갖고 있는데 상황에 따라서 이는 잘못된 것이 될 수 있습니다. 구보로도 속보보다 느리게 갈 수 있고, 속보로도 구보보다 빨리 전진할 수도 있습니다. 물론 기승자와 말의 능력에 따른 것이기는 합니다. 어설프지만 저도 한번 따라 해봅니다. 모방은 창조의 어머니라고 하지 않던가요. 구보를 하되 최대한 천천히 해보고, 속보를 하되, 자극을 줘 최대한 몸을 쭉쭉 뻗게 해봤습니다. 이런 시도와 자극은 저의 승마 활동을 재미있게 만들고 또 많은 도움을 주기도 합니다. 어설프지만 새로운 자극을 받고, 다양한 시도와 도전으로 승마에 더욱 매료됩니다. 물론 오늘 저와 함께 연습을 한 말은 주인의 과도한 욕심으로 힘들었을 것입니다. 들어가서 당근이라도 듬뿍 줘야겠습니다.

*

그루밍은 말타기 전후로 말을 손질해 주는 것을 말합니다. 대표적인 게 솔질인데 보통 원을 그리면서 열심히 문질러 주는 게 요령입니다. 솔도 다양한 종류가 있으니 이물질이나 말의 상태에 따라 사용해 주시면

됩니다.

솔질은 해주면 해줄수록 몸 자체에서 나오는 유분 때문에 광도 나고 혈액순환에도 도움이 됩니다. 물론 많이 해주면 해줄수록 여러분의 팔은 약간 힘들겠지만, 말이 변신하는 것을 눈으로 확인하실 수 있을 겁니다. 갑자기 어렸을 적 아버지 구두를 말표 구두약으로 열심히 발라 문질렀던 게 기억이 납니다.

승마의 계절 - 겨울 편

이번에는 겨울 승마의 매력을 이야기해 볼까 합니다. 오늘은 영하 4℃입니다. 밤새 눈도 많이 내렸고 바람도 많이 불었지만, 무엇에 홀렸는지 이 새벽에 눈을 밟으며 마장으로 향하고 있습니다. 지금 타고 있는 말인 '쿠커'가 자그마한 마방에서 내가 오기만을 기다린다고 생각하면 아무리 춥거나 덥더라도 나가게 됩니다. 모든 야외 운동이 그렇듯이 겨울에 말을 타는 것은 정말 힘듭니다. 말 타는 것에 온 마음을 바쳐 미치지 않고서는 할 수 없습니다. 여름과는 달리 해가 짧아 새벽 6시 정도에 마방에 나오면 밖은 아직도 깜깜하기만 합니다. 맹렬한 추위는 나를 더 움츠러들게 만듭니다. 사실 집을 나서면서 '오늘 하루 쉴까?' 몇 번씩 고민합니다. 보통 사람이라면 추운 겨울에 '따뜻한 침대에서 자고 싶다'라는 생각이 간절할 것입니다. 하지만 아무리 춥더라도 막상 나가서 말을 탔을 때 후회한 적은 한 번도 없었습니다. 자칫, 비타민 D 부족으로 우울해지기 쉬운 계절인 겨울에 운동하는 것은 몸과 마음을 상쾌하게 해주기 때문입니다. 저는 추위에 몸과 마음이 움츠러들수록 더 움직여야 한다고 생각합니다. 말 덕분에 건강해지는 걸 느낍니다. 말의 입장에서는 24시간 중 길어야 2시간이 바깥나들이를 할 수 있는 기회인데 얼마나 간절하겠습니까? 하지만 오늘 추위는 말을 타기에 적합한 정도가 아닌 것 같습니다. 땅도 꽁꽁 얼어 아무리 염화칼슘을 뿌렸다 하더라도 말이 미끄러지기 쉽고 또 흥분하기 쉽습니다. 그래서 오늘은 아주 조심하며 실내 마장에서 타야겠다고 다짐했습니다. 역시 '마(馬)니아'들이 실내 마장에 모여 있네요. 그들도 매서운 추위에 나오기까지 무수히 많은 고민과 갈등을 했을 것입니다. 실내에 말이 많아 정리를 위해 일렬로 맞추어 우측으로 돌기 시작했습니다. 좁은 실내 마장에서 궤적을 따라 평보, 속보, 좌속보를 할 때, 만약 전체 흐름과 방향이 맞지 않는 말이 있다면 다른 말에 방해가 될 것입니다. 그래서 한정된 공간에서는 통일성 있게 말을 타는 게 중요합니다. 이것을 공람마술이라고도 하는데 방향과 발걸음이 같으면 아무리 많은 말이 있다 하더라도 공간을 효율적으로 활용할 수 있기 때문입니다. 물론 그중 속도가 뒤처질 경우에는 안전을 위해 중앙으로 빠져 다른 말에게 방해를 주지 않아야 한다는 규칙도 정해져 있습니다. 그런데 오늘 한 사람이 낙마하고 말았습니다. 기승자를 떨어뜨린 말은 가뜩이나 좁은 마장을 휘젓고 다니기 시작했습니다. 다른 말들을 위협하면서 잡힐 듯 잡히지 않고 도망 다니던 말은 결국 교관님들에 의해 붙잡혔습니다. 상황은 정리되고 다행히 낙마한 분도 크게 다치지는 않았습니다.

낙마한 이유는 고삐 때문이었습니다. 고삐는 양보가 필요한 말과의 소통 수단입니다. 양보란, 고삐를 항상 팽팽하게 유지하되 말이 불편해하면 풀어주고 느슨해지면 다시 팽팽하게 유지해 주는 것을 말합니다. 하지만 오늘 낙마한 그분은 고삐를 브레이크처럼 다뤄 말의 속도가 빨라지면 당겨버리는 습관이 있었습니다. 더군다나 기좌*가 말에 확실히 고정되지 않은 채로 말입니다. 물론 연세가 많아 다리에 힘이 부족한 탓도 있었겠지만, 그렇다고 해도 고삐에 너무 의존하면 안 됩니다. 사실 처음에 승마를 시작할 땐 고삐의 단순한 기능밖에 모릅니다. 고삐를 당기면 말이 설 것만 같은, 고삐를 돌려 목만 돌아가게 하면 방향을 바꿀 수 있을 것 같은 착각이 그것입니다. 물론 훈련이 잘 된 말이나, 일명 '무딘 말'은 그럴 수 있습니다. 하지만 고삐에

* 기승자가 말에 탔을때 안장에 닿는 부분을 말한다.

의존하다 보면 자신도 모르게 고삐를 당기고 있고, 모든 기승을 고삐로만 해결하려고 합니다. 어느 선수가 말했습니다.

"타면 탈수록 고삐에 의존하면 안 된다."

담긴 의미는 이해하기 어렵지만 오래 탈수록 이 말을 기억해야 하며, 이를 실천할수록 말과의 대화가 쉬워질 것입니다.

*

겨울에는 춥지 말라고 마방에서 마의**를 입히는데

** 말이 입는 옷으로 겨울용과 여름용이 있다.

요령이 있습니다. 먼저 반으로 접어둔 마의를 말 등에 걸치고 펼친 다음 위치를 잡고 팽팽하게 잘 입힙니다. 마의를 입히는 목적은 추운 날 말이 감기에 걸리지 않도록 하기 위함인데, 언젠가 말을 손질하다가 물에 떨어뜨린 마의를 그냥 입히는 바람에 말이 감기에 걸린 적이 있습니다. 마의는 반드시 뽀송뽀송하게 건조한 다음 입혀야 따뜻할 것입니다.

말 근육을 느끼다

부츠의 안쪽 부분이 터져버렸습니다. 가죽과 가죽 이음새의 실이 그만 빠져 버린 것입니다. 참 난감한 상황입니다. 수선 업체에 맡겼더니 3~4일은 걸린다고 했습니다. 현재 가지고 있는 다른 부츠는 반 부츠뿐, 여기에 같이 착용할 반챕*이나 롱챕**이 없습니다. 어떻게 해야 할까 망설여집니다. 말은 당장 타야 하는데 급한 대로 반 부츠에 축구 양말을 두 겹 신었습니다. 참고로 저는 승마 부츠를 신을 때 축구 양말을 신습니다. 승마용 양말보다 가격도 저렴하고 양말목이 길어 다리를 불편하게 하지 않기 때문입니다. 오늘 두 겹을 신은 이유는 추위를 견디는 데도 좋고, 종아리로 말을 감싸야 하는데 양말을 두껍게 신으면 반챕 대신으로 괜찮을 것 같아서였습니다. 타 보니 말을 제어하는 데 나쁘지 않은 것 같습니다. 물론 가죽 부츠로 힘껏 눌러주거나 자극을 줄 수 있는 게 아니라 완벽하게 제압할 수는 없지만, 그 대신 고삐를 너무 당기지 않고 편하게 타면 가능할 것 같습니다.

---

* 반 부츠 위에 간단히 착용할 수 있는 종아리를 감싸는 가죽
** 겨울에 입는 허리까지 오는 긴 가죽 바지

예전에 등자에서 발을 빼고 타거나, 등자를 인위적으로 짧게 하고 타 본 적은 있지만 이처럼 반 부츠만 신고 타는 것은 이번이 처음입니다. 어색하기도 하고 양말의 특성 때문에 안장에 쓸리거나 미끄러져 복대 뒤 알맞은 위치에 발을 고정하는 것이 어렵습니다. 그래도 말이 기특하게 말을 잘 듣습니다. 한참 타면서 구보도 하고 속보, 평보 등 여러 가지를 시도해 봅니다. 나쁘지 않습니다.

'어, 이건 뭐지?' 그러던 어느 순간, 종아리가 따뜻해진 것을 느꼈습니다. 그리고 말의 걸음걸이가 바뀔 때마다 복근의 움직임이 전해졌습니다. 특히 구보를 할 때 바깥쪽 다리를 살짝 뒤로 빼거나 안쪽 다리로 감쌀 때 말의 네 다리가 움직이면서 육중한 근육들이 쉴 새 없이 움직이는 게 종아리에 느껴졌습니다. 처음엔 이상했지만, 시간이 지날수록 경이롭습니다. 말이 달릴 때 근육들이 움직이는 건 당연히 알고 있는 사실이었지만 실제로 느껴보니 굉장합니다.

승마가 끝난 후 기쁜 마음에 교관님에게 자랑했습니다. "본의 아니게 오늘 반챕을 착용하지 못했는데 말 근육의 움직임을 느낄 수 있었어요." 교관님이 말했습니다. "좋은 경험입니다. 그리고 부츠 신고도 그걸 느끼셔야 합니다."

아직 갈 길이 멉니다.

(※ 복장은 안전을 위해 제대로 착용해야 합니다.)

마장까지 느긋하게

말의 안장을 채우는 수장대에서 마장까지는 거리가 꽤 됩니다. 그 길을 말을 타고 가는 사람들도 있지만 저는 말과 함께 걸어가는 습관이 있습니다. 또한 마장에 도착한 뒤에도 안장을 다시 확인하고, 말을 쓰다듬어주고, 평보로 마장을 두 바퀴 정도 돌아봅니다. 매번 번거롭게 느껴질 수도 있는 일련의 과정을 거치는 첫 번째 이유는 안전을 위해서입니다. 말은 예민한 동물이고 마방에 갇혀 있다 나온 말이 대부분이기 때문에 안과 다른 바깥 환경에 쉽게 놀랄 수 있습니다. 말은 새로운 지형에 민감해서 적응할 시간을 충분히 줘야 합니다.

두 번째는 말을 끌고 나오면서 말의 걸음걸이나 이상이 있는 곳을 살펴보며 건강 상태를 확인하기 위해서입니다. 특히 처음 타는 말일 경우에는 걸음걸이뿐만 아니라 고삐를 끌었을 때 입이 예민한지 혹은 재갈에 무딘지 등을 어느 정도는 파악할 수 있습니다. 말을 끌고 나올 때 귀가 쫑긋 세워져 있거나 뒷걸음질 치는 경우에는 말이 불안해하는 것이므로 각별히 주의해야 합니다. 그리고 마장에 나와 장비를 확인하면 사고를 미리 방지할 수 있습니다. 말이 걷다 보면 배에 힘이 빠져 안장이 헐거워집니다. 반드시 다시 조여 줘야 말을 타면서 안장이 돌아가는 사고를 막을 수 있습니다. 또한 고삐에 꼬인 줄은 없는지, 등자 길이는 적당한지 등을 반드시 확인합니다.

세 번째 이유는 평보를 하면서 말이 반응을 보이는 부조를 어느 정도 파악할 수 있기 때문입니다. 재갈, 박차, 음성 등의 부조 중 어느 것에 특히 민감한 말인지를 파악하는데, 고삐를 당겨 보거나 박차를 살짝 차 보는 식으로 쉽게 알 수 있습니다. 예를 들어, 제가 현재 타고 있는 '난사무'는 음성 부조는 잘 듣지만, 고삐를 짧게 잡는 것을 싫어합니다.

넷째는 스트레칭 시간을 갖기 위해서입니다. 물론 속보, 경속보가 스트레칭 효과가 크기는 하지만 평보를 하면서 기승자도 몸을 풀 시간을 가질 수 있습니다. 원을 그려보고, 가다 멈추기도 하면서 말이 기승자에게 집중할 수 있는 시간을 줍니다. 이런 과정은 말과 친구가 되기 위한 준비 단계라고 보면 됩니다. 여러분도 느긋하게 함께 걸어볼까요?

말을 빛나게 하는 방법

일주일간 기승을 마친 후 승마 장비를 정리하는 시간을 갖습니다. 여러분의 시간이 여의치 않다면 꼭 일주일에 한 번씩은 자신이 사용하는 장구를 손질하는 시간을 가져야 합니다. 왜냐하면 안전과 직결된 장구 손질은 필수적이기 때문입니다. 특히 장구는 대부분이 가죽으로 되어 있기에 손질이 필수적입니다. 가죽 명품 가방도 간혹 기름칠을 해주잖아요?

그렇게 하지 않으면 갈라지고, 습하면 곰팡이 피고, 좋지 않은 냄새가 나는 경우도 생깁니다. 아무튼, 제가 지금껏 사용했던 안장이나 복대*, 장화, 굴레 등의 가죽으로 된 부분에 기름칠하고, 땀에 젖은 재킹**도 열심히 빨아 봅니다. 이렇게 깨끗하게 손질해 두면 다음 기승할 때 기분도 좋고, 말 못 하는 말도 스스로 좋아하는 것이 느껴집니다. 입장을 바꿔 생각해 보면 뽀송뽀송하게 마른 재킹과 부드럽게 손질된 가죽으로 몸을 감싸면 얼마나 좋을까요?

문제는 말(馬)입니다. 장구는 열심히 요령껏 가죽 소파 손질하듯 하면 됩니다. 하지만 가장 중요한 말은 어떻게 손질시켜 줘야 할까요? 더군다나 몸무게도 500kg 이상 나가는 녀석들입니다. 자동차는 세차할 때 가만히 있기라도 하지요. 그런데 움직이는 말은 쉽지 않습니다. 예전에 있었던 일입니다. '로디'라는 말을 오래간만에 전신 목욕시키려고 합니다. 그동안 날이 추워서 다리만 닦아주고 땀에 젖기 쉬운 안장 접촉

---

* 안장을 고정하는 큰 가죽끈으로 기승자의 안전을 위해 최대한 조여야 한다.

** 땀을 흡수하고 말의 등을 보호하기 위한 목적으로 사용되며, 대개 안장보다 크기가 커 가죽 안장이 말에 직접 닿지 않게 하는 역할을 한다.

부위만 솔질로 살짝 손질했는데 오늘 '로디'가 땀을 많이 흘려 목욕이 절실합니다.

우선 '로디'를 손질하는 수장대에 묶어 놓습니다. 수장용 굴레를 씌워 양쪽 기둥에 줄을 묶어 어느 정도 고정합니다. 그리고 모든 장구를 몸에서 떼어놓습니다. 씻겨 볼까요? 발부터 물로 적신 후 엉덩이 부위인 '후구'부터 물을 뿌려줍니다. 사람이 수영하기 전 심장에서 먼 부분인 발부터 물에 담가 심장마비 등의 사고에 대비하는 것과 똑같은 이치입니다. '후구'에서 점차 앞쪽으로 물을 뿌려가며 목욕을 시켜줍니다. 특히, 머리는 수압이 약한 물로 씻기는데 만약 말이 싫어한다면 나중에 젖은 수건으로 닦아만 주어도 됩니다. 그러나 말머리에 씌웠던 굴레 때문에 귀 뒤나 뺨 주변 등이 털과 땀으로 엉켜 있는 경우가 대부분이어서 꼼꼼히 닦아주면 좋아합니다. 솔직히 저는 꼭 얼굴 구석구석에 물을 부어서 세수를 뽀득뽀득 소리가 날 만큼 시키고 싶지만, 지금까지 제가 탔던 말들은 얼굴에 물이 닿는 것을 극도로 싫어했습니다.

그렇다면 남은 방법은 젖은 수건이나 솔로 잘 닦아주는 것입니다. 만약 말을 묶어 놓은 상태에서 얼굴에 억지로 물을 뿌리다가 이를 너무 싫어하는 말은 뒤로 넘어갈 수도 있으니 주의해야 합니다.

흠뻑 물을 뿌려 주었다면 다음은 약한 물을 틀어 솔질을 시작해 봅니다. 말 전용 샴푸가 있으면 더욱 좋겠지만 없으면 없는 대로 열심히, 묵은 때를 쓱싹쓱싹 제거해 줍니다. 솔질을 마친 후에는 수건으로 닦아주거나 물기 제거 솔을 사용해 물기를 제거합니다. 마지막으로 부드러운 솔로 문질러 주면 더욱 좋습니다. 말 목욕의 완성은 완전히 말린 후 마방으로 들여보내는 것입니다. 제가 예전에 말을 씻긴 후 수장대*** 에 묶어 두기가 여의치 않아 물기가 다 마르지 않은 상태로 마방에 들여보냈다가 큰코다친 적이 있습니다. 이 녀석이 등이 가려웠는지 마방에서 뒹굴었던 것이었습니다. 다음날 온몸에 흙과 변이 달라붙어 말 그대로 '똥말'이 되어 있었습니다. 이 경우 이물질로 인해 피부병이 생기거나 감기에 걸릴 수도 있으니 주의해야 합니다. 소중한 친구인 말을 목욕시키면 서로 즐겁습니다. 목욕하는 말도 즐겁고 씻기는 나도 즐겁습니다. 다음에 탈 때 내 말에서 광채가 나고 있으면 얼마나 뿌듯한 지 아마 아는 사람은 알 것입니다. 온갖 먼지로 뒤집어쓴 차보다 광이 번쩍번쩍 나는 차를 더 선호하는 마음과 같

*** 말을 목욕시키거나 손질하는 공간

겠지요. 이런 소소한 즐거움을 알게 되니 이제 진정한 승마인이 되어 가는 것 같습니다.

월요병

많은 사람이 그렇지만 5일간 열심히 불태우다가 주말에 푹 쉬면 에너지가 충전됩니다. 하지만 일요일 오후가 되면 내일 미뤄둔 작업이나 해야 할 일들이 생각나면서 슬슬 스트레스가 쌓이기 시작합니다. 주말에 드라마를 몰아보다가도 이런 생각이 간혹 들면 괜스레 마음이 무거워집니다. 말도 마찬가지입니다. 한참 쉬다가 갑자기 나오면 월요병이 시작됩니다. 5일간 열심히 운동하고 한 며칠 편히 쉬었는데 갑자기 밖에서 운동하려니 찌뿌둥한 몸이 더욱 신경 쓰이고 힘도 꽉 차 있습니다. 기승자에게 신경질도 냅니다. 이런 상황이라 저의 경우 쉬었다가 처음 타는 날에는 항상 마음을 졸입니다. 저 또한 휴식한 후 말을 타서 긴장도 하고 제 자신도 몸이 확실히 풀어지지 않았음을 느끼기 때문입니다. 작은 마방에 한동안 갇혀 있다 나온 말이 찌뿌둥한 몸을 풀기 위해 발악 아닌 발악을 할 수도 있고, 기승자는 쉬는 동안 감각이 떨어져 잘못된 부조를 줄 수도 있습니다.

혹시나 했는데 오늘도 한참 동안 푹 쉬었던 '쿠커'가

뜁니다. 원래 안 그러는 녀석인데 오늘 잘 가는가 싶더니 갑자기 깜짝 놀라며 점프를 하는 것입니다. 평상시 보던 물건을 생소하게 봤을 수도 있고 뭉쳐있던 근육을 풀고 싶어서 일 수도 있습니다. 아니면 긴장한 주인한테 부리는 신경질인 경우도 있습니다. 이럴 때 좋은 방법은 괜히 점프 같은 거 하지 말고 말에게 추진을 줘 앞으로 보내면서 동시에 중심을 잘 잡아야만 낙마하지 않을 수 있습니다.

우선 '쿠커'의 반가운 인사(?)를 해결하기 위해 평보와 경속보 위주로 다시 시작해 봅니다. 평보를 할 때는 고삐를 길게 잡다가 속보로 바꾸면 더 짧게 잡아 봅니다. 구보를 할 때는 더더욱 짧게 잡아 고삐의 장력(Tension)을 유지해 줍니다. 단, 말을 불편하게 하지 않는 선에서 해야 합니다. 그리고 오늘부터 앞으로 5일간의 기승 계획을 세워봅니다. 내일은 오늘보다 몸이 더 풀릴 것 같으니까 좀 더 역동적인 운동을 하고, 구보하는 시간도 길게 늘릴 것입니다. 3일째엔 좀 더 강도 높은 운동을 하면 5일째엔 말의 몸이 거의 풀려 멋진 호흡을 맞출 수 있을 것이라 기대해 봅니다. 말은 기승자에게 집중하지 않고 자기 멋대로 행동하려는 경향이 있습니다. 그래서 한동안 방치하면 튀는 행동도

하는 것입니다. 기승자와 말은 서로에게 집중해야 합니다. 기승자는 지속해서 운동의 종류와 방향, 속도 등에 변화를 줘서 말이 집중할 수 있도록 도와줘야 합니다. 이렇게 운동하다 보면 간혹 무아지경에 빠질 수도 있습니다. 들리는 것은 오직 말과 저의 숨소리뿐인 황홀한 순간을 경험하는 것입니다. '월요병'이 없는 그날까지 열심히 서로 노력해야 합니다.

워밍업

우리가 어떤 일을 추진하거나 운동을 하기 전 효율성을 극대화하기 위해 준비하는 것을 워밍업이라고 합니다. 준비 없이 실행했다가 낭패를 당하거나 다칠 수도 있어 이런 워밍업은 운동 전 필수 코스입니다. 승마에서도 이러한 워밍업은 최고의 기량 발휘는 물론이고 부상 방지 등 근육의 활동성을 활발히 해 과격한 동작에서도 견딜 수 있게 해줍니다. 말을 타기 전 기승자와 말의 긴장을 해소하기 위한 준비운동을 소개하려고 합니다. 승마에서 준비운동은 긴장감을 해소할 뿐만 아니라 비뚤어질 수 있는 자세를 바로잡고 몸을 유연하게 하는 데 도움을 줍니다. 그리고 떨어졌을 때도 덜 다칠 수 있습니다.

먼저 말을 탄 후 다리 운동부터 해봅니다. 다리 스트레칭을 많이 할수록 안장에 깊게 앉을 수 있고, 추진을 부드럽게 줄 수 있습니다. 양다리를 앞뒤로 쭉 뻗어보고, 들어 올려보기도 하면서 근육들이 당겨지는 것을 느끼며 운동해 봅니다. 넓적다리가 가장 큰 근육 부위이기 때문에, 이 근육을 이용해 안장에 깊게 고정할수록 말에 더 가까이 붙을 수 있는 장점이 있습니다.

그 후 발끝을 자유롭게 움직이며 발목 운동을 해봅니다. 발목 관절이 훨씬 유연해져 말에게 박차를 주거나 종아리를 써서 배를 누르기가 수월해집니다. 심지어 운동하다가 등자쇠에서 발이 빠졌을 때 다시 끼우는 데도 도움이 됩니다. 상체 운동은 목과 어깨 위주로 합니다. 어깨를 좌우로 번갈아 돌려주거나 8자 모양으로 회전시키면 긴장을 완화할 수 있습니다. 이렇게 하면 낙마해도 덜 다치는 것 같습니다. 단 어깨 운동할 때는 고삐를 한 손에 쥐고 다른 쪽 어깨를 풀어줘야 하며 그렇지 않을 경우에는 고삐를 놓칠 수도 있으니 주의해야 합니다.

이외에도 말을 타기 전에 몸을 굽혀 발가락에 손이

닿게 하는 운동을 하면 효과적으로 몸을 풀어줄 수 있습니다. 만약 닿지 않더라도 허리를 숙이거나 제쳐 보는 것도 유연성에 도움이 됩니다.

저는 처음 마장에 나가자마자 평보를 하면서 복식호흡과 가슴 펴기 운동을 합니다. 복식호흡은 긴장으로 흐트러질 수 있는 자세를 바로잡고 말의 조정력을 강화하기 위한 저만의 운동법입니다. 또한 장애물을 넘기 위해 전경자세를 취하는 특수한 경우를 제외하고는 항상 가슴을 펴려고 합니다. 가슴을 펴면 시선도 멀리 두게 되고, 허리도 곧게 펴집니다. 자꾸 아래를 내려다보는 나쁜 버릇이 생기는 것을 막을 수 있습니다. 기승자의 부자연스러운 행동이나 자세는 말에게도 부담으로 작용합니다. 이런 점을 명심해 말 위에서는 항상 부드럽고 안정된 자세를 유지하려고 노력해야 합니다. 사소한 노력이 안전한 승마를 가능하게 하고, 고급 승마로 갈 수 있는 기반을 닦아 줍니다. 승마는 어디까지나 말과 함께하는 운동이니 항상 준비해야 합니다.

인마호흡(人馬呼吸)

인마호흡(人馬呼吸)이란, 말과 호흡이 잘 맞았을 때만 완벽한 자세가 나온다는 의미입니다. 그렇기 때문에 기승자는 말과 오랜 기간 호흡을 맞춰야 합니다. 그럼 어떻게 맞춰야 할까요? 여기에는 기승자가 말의 체형에 자신의 몸을 적응시키고, 말의 걸음걸이나 반동 등의 특성을 몸으로 이해해야 한다는 의미가 담겨 있습니다. 예를 들어, 말이 까불고 머리를 이리저리 움직이면 고삐를 잡은 기승자의 손도 따라 움직이게 됩니다. 이렇게 심하게 움직이는 말 위에서 몸에 힘을 빼고 정면을 쳐다보고 또 귀, 엉덩이, 발뒤꿈치를 일직선으로 만드는 자세의 '정석'을 취하기란 쉽지 않습니다. 하지만 말이 충분한 운동으로 몸이 이완돼 굴요가 되면 고삐에 연결된 손의 작은 움직임에도 쉽게 방향 전환을 할 수 있습니다. 특히 말이 까불지 않아 불필요한 손동작을 할 필요가 없기 때문에 고삐 쥔 손이 가벼워지며 동시에 허리를 꼿꼿이 펼 수 있는 여유가 생깁니다. 말의 시선이 아래로 떨어질수록 말이 다른 억지 행동을 할 확률이 줄어들어 기승자는 마음을 편하게 가질 수 있습니다. 여유 있는 기승자는 불필요하게 몸에 힘을 줄 일이 없고, 다리도 아래로 쭉 뻗을 수 있습니다. 몸을 꼿꼿이 세운 상태에서 반동에 자연스레 반응할 부위는 오직 허리와 종아리뿐입니다. 신경 쓸 부위를 줄일수록 좋은 자세를 만들 가능성은 커지게 됩니다.

오늘 아침 우연히 좋은 자세로 말을 타는 저를 발견하였습니다. 사실 5일 정도 산전수전 다 겪은 후에 어쩌다 한번 성공한 것입니다. 마장 내부에 설치된 거울을 쳐다보니 선수들의 자세와 흡사했습니다. 아주 짧은 순간이었지만 이때의 성취감은 이루 말할 수 없었습니다. 이제 이 자세를 오래 유지하는 일만 남았습니다. 간혹 다가오는 이런 성취감에 말을 계속 타는 것 같습니다. 인마호흡! 목표로 잡을 수 있는 단계지만 쉽지 않은 경지인 것 같습니다.

꼿꼿이, 하얗게, 120°

1. 지면에 꼿꼿이

『중심으로 타는 승마』라는 책에는 기승자를 나무처럼 표현한 그림이 나옵니다. 이 그림은 승마의 가장 중요한 자세를 한 컷으로 보여줍니다. 그 내포된 의미는 말을 탈 때 기승자 자신이 나무라는 생각을 해야 한다고 일러 줍니다. 제가 이해한 바로는 기승자는 저를 태우고 있는 말이 아니라 지면을 기준으로 삼고 자세를 취해야 한다는 것입니다. 나무처럼 지면을 기준으로 수직으로 서 있으면, 말이 어떻게 움직이든 간에 안정된 기좌를 유지할 수 있습니다. 제 아이들이 어렸을 때는 녀석들을 자주 등에 태워준 기억이 납니다. 제가 말 역할을 했던 것이죠. 아이를 태우고 기어가다 약간 일어서려고 하면 아이가 본능적으로 일어서려는 쪽으로 몸을 기울였습니다. 가르쳐 주지도 않았는데도 떨어지지 않는 방법을 아는 것입니다. 만약 제가 일어서려고 하는데, 제 등을 기준으로 수직으로 그대로 있었다면 굴러떨어졌을 것입니다. 더더욱 신기한 건 등에 탄 아이는 지면을 기준으로 몸을 기울이는 것은 물론이고,

안 떨어지려고 두 발로 내 몸통을 꽉 껴안는 겁니다. 아이가 커서 더 이상 태워주지는 않지만, 그러한 기억 덕분에 이 원리를 이해하게 되었습니다. 잘 타는 전문가들을 관찰하면 항상 지면과 수직을 유지한 채로 허리가 꼿꼿이 서 있는 게 공통점입니다.

2. 종아리 부분을 하얗게

말을 탈 때 종아리로 말의 배를 리듬에 맞춰 잘 눌러줄 경우, 약간 과장해서 말하면 말이 하늘로 뜨듯이 활처럼 휜다고 합니다. 이런 상태에선 추진력이 생기면서 더 좋은 발걸음을 만들 수 있다고 합니다. 하지만 기승자들은 대부분 종아리보다 사용하기 편한 박차를 씁니다. 종아리로 꾸욱 꾸욱 눌러주는 것보다 박차로 톡톡 쳐주는 게 편하기는 하지만 뾰족한 박차로 갑자기 옆구리를 찔러대면 말이 깜짝 놀라고, 기승자는 다리가 벌어지기 쉽습니다. 또한 말의 몸이 활∩처럼 휘어서 가는 것보단 깜짝깜짝 놀라서 ∪자 형태로 몸을 휘게 되는 경우가 많습니다. 이러면 전체적으로 말의 모양도 이쁘지 않고 말에게 쓸데없는 자극을 주게 됩니다. 그래서 전문가들은 박차보다 종아리를 잘 써야 한다고 말합니다. 제가 종아리를 잘 쓰는지 어떻게 확인할까요? 남이 봐주기 전에 제가 확인할 수 있는 방법이 있습니다.

사실 말을 탈 때는 잘 모르는데, 보통 타고나면 부츠 뒤꿈치가 하얗게 닳아 있습니다. 이는 종아리보다 쓰기 편한 뒤꿈치, 즉 박차를 썼다는 증거입니다. 장기적으로 봤을 때 종아리 대신 뒤꿈치나 박차를 쓰면 다리가 벌어지게 되고 안정적인 기좌를 만드는 데 마이너스가 됩니다. 선수들과 저의 부츠를 비교해 보니, 선수들 부츠는 종아리 부분만 하얗게 닳아 있지만 제 것은 뒤꿈치가 하얗게 닳아 있습니다. 제가 팔자 다리라 더욱 그런 것 같기도 하지만, 아직 종아리를 쓰는 것보다 부부조인 박차를 쓰는 것이 편리하고 말의 반응도 더 빨라 그런 것 같습니다. 아무튼 결론은 종아리를 쓰는 것에 익숙해져야 합니다.

3. 팔꿈치와 무릎 120°

승마는 운동하면서 생각해야 할 것들이 너무 많습니다. 그래서 저는 최대한 단순한 규칙으로 만들어 기억하기 쉽게 만듭니다. 예를 들면 말을 타면서 기승자의 몸에 120° 각도가 나오는 두 부분이 있다고 생각하는 것입니다. 그 두 부분은 팔꿈치와 무릎입니다. 팔꿈치

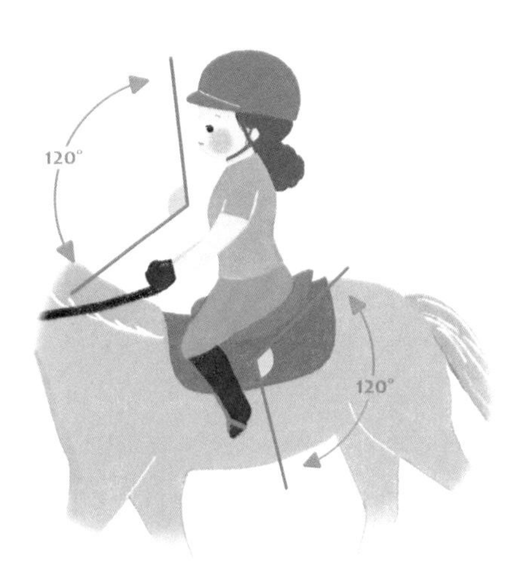

는 내각이 120° 정도 된 상태에서 힘을 빼고 손을 최대한 가볍게 하여 운동합니다. 제가 생각했을 때 말의 순간적인 움직임에 고삐로 대응하기에는 120° 각도가 가장 자연스러운 것 같습니다. 만약 손이 너무 몸쪽으로 가 있으면 고삐가 길어져 말을 제어할 순간을 놓칠 수 있고, 너무 말 쪽에 붙어 있으면 몸이 그쪽으로 쏠릴 가능성이 있습니다. 그때그때 편한 자세에서 조절해 줘야 합니다.

다음은 무릎의 120°입니다. 발로 등자를 살짝 밟고 뒤꿈치를 내린 상태에서 무릎을 약간 굽히면 자연스러운 모양이 나오며, 이렇게 하면 체중을 자연스럽게 분

산시킬 수 있습니다. 이런 자세를 취하기 전에는 허리를 펴고 시선은 멀리 두며 머릿속으로는 항상 이미지 트레이닝하고 있어야 합니다.

'120°, 120°, 120°'

낙마(落馬) 노하우

어제 영하의 날씨 속에 전국에 대설주의보가 발령됐습니다. 그래서 오늘은 따뜻한 실내마장을 찾았습니다. 실내마장의 장점은 따뜻하고, 모래 상태가 좋고, 항상 교관님의 시야에 있을 수 있다는 것입니다. 반면 단점은 좁은 공간에 마필이 밀집되어 간혹 말들끼리 놀랄 수 있다는 점입니다. 더군다나 오늘 회원 한 분이 낙마하자 주변 말들도 덩달아 놀라면서 실내마장이 한순간 소란스러워졌습니다. 겨울철에 낙마하면 몸이 안 풀린 기승자가 더욱 다치기 쉽습니다. 낙마 시 가장 중요한 점은 고삐를 놓치 않는 것입니다. 고삐를 잡고 있으면 상체보다 다리가 먼저 바닥에 닿을 가능성이 크고, 말의 후구(엉덩이)가 사람 쪽을 향하지 않기 때문에 보다 안전합니다. 말에게 뒷발로 차이는 것이 가장 위험하므로 낙마할 때는 말의 뒷발과 최대한 멀리 떨어지도록 노력합니다. 만약 질주하는 말에서 낙마하는 상황이라면 떨어질 만한 안전한 지점을 확인하는 것이 좋습니다. 이때는 되도록이면 고삐를 안 잡고 있는 것이 좋습니다. 끌려갈 수 있으니까요. 물론 이런 순간을 만들지 않는 것이 가장 좋습니다. 언젠가 한 말이 펜스로 달려가다가 갑자기 멈춘 적이 있었습니다. 말 위에 타고 있던 기승자가 앞으로 고꾸라질 뻔했지만, 다행히 중심을 잘 잡고 있었고, 속도 또한 빠르지 않아 큰 사고를 막을 수 있었습니다.

만약 말 제어가 되지 않는 상황에서 계속 달릴 수밖에 없는 경우라면, 떨어지지 않기 위해 어떻게 해야 할까요? 제가 초보일 때 고삐를 무의식적으로 세게 당기는 바람에 말이 돌진한 적이 있었습니다. 그때 작은 원을 돌게 함으로써 속도를 줄여 큰 사고를 방지할 수 있었습니다. 당시 말이 아스팔트 도로로 달려가서 얼마나 무서웠는지 아무한테도 말하지 못하고 있습니다. 멀리서 교관님이 "원 운동해!"라고 소리치지 않았다면 저는 지금까지 말을 못 타고 있을지도 모릅니다.

말이 앞발을 드는 경우에도 떨어지지 않도록 노력해야 합니다. 제가 얼마 전까지 탔던 '돈카타니'는 앞발을 드는 말이었습니다. 제가 이 말의 습성을 알 경우에는 어느 정도 예측이 가능합니다. 앞발을 들 조짐이 보이면 저는 앞으로 숙이거나 추진을 줘서 무조건 앞으로 가게 해 그 순간을 모면할 수 있습니다. 교관님이 말이 까불거나 앞발을 드는 등의 반항을 하는 것은 대부분 앞으로 못 가게 해서 그런 것이라고 합니다. 이런 경우 무조건 추진을 줘서 가라고 하면 될 것 같습니다. 무조건 Go!

마칠인삼(馬七人三)

'마칠인삼'이라는 말이 있습니다. 승마에 있어 말의 능력이 70%, 사람의 능력이 30%를 차지한다는 말입니다. 보통 이 말이 맞는 줄 압니다. 하지만 모든 법칙엔 예외가 있습니다. 말의 능력을 이끌어내는 기승자의 실력이 실제로는 얼마나 더 중요한지 알게 된 한 사건이 있었습니다. 어느 날 전재식 감독님과 우연히 같은 마장에서 말을 탈 기회가 생겼습니다.

"감독님 말이 정말 멋져요! 어떻게 이렇게 좋은 말을..."

"멋지죠! 이거 3억 원 이상 줘도 안 팔아요. 처음 회사에서 살 때는 3000만 원 정도였고, 강습용으로 쓰려고 했던 말인데 같이 운동하다 보니 이렇게 좋아졌네요."

"와! 그럼 감독님이 이런 명마로 만들어 놓으신 거예요?"

"(쑥스럽게)네."

사실 이 대화의 주인공인 '클래식 걸'은 모든 마장마술 대회에서 1등을 차지하는 명마입니다. 그런데 외국에서 비싸게 사온 마장마술용 말이 아니라 마장에서 흔히 볼 수 있는 강습용 말이었다고 해 깜짝 놀랐습니다. 감독님이 하나부터 열까지 모든 동작을 손수 가르치고 훈련시키면서 녀석의 능력을 이끌어내기 위해 공들인 시간이 무려 3년이라고 합니다. 그때 깨달았습니다. 말의 능력을 이끌어 내는 것은 사람이라는 사실입니다. 훌륭한 조련사가 말을 훈련하면 보잘것없던 말도 명마로 거듭날 수 있는 것 같습니다. 승마에서는 말의 능력도 중요하지만, 그 능력과 가치를 만들어내는 선생님 역시 중요한 것 같습니다.

밀당은 적당히

말이 굴요를 하면 기승자가 컨트롤하기에 좋습니다. 하지만 머리를 너무 숙여 지나치게 굴요를 하면 엉덩이가 올라가고 체중이 앞으로 쏠리면서 시쳇말로 '쏟아집니다'라고 합니다. 어떻게 해야 할까요? 손과 다리로 부드럽게 말에게 부탁해야 합니다. 욕심은 항상 모든 것을 엉키게 합니다. 인간은 이기적이라 항상 나에게 맞춰지길 원하고 저의 명령을 강요하는 것에 익숙합니다. 하지만 결국엔 짜증에서 불만으로 번져버리고 아무것도 해결이 안 된 채 끝나버리는 경우가 대부분입니다. 답을 얻기는커녕 항상 문제만 생겼습니다.

현재 '체스터'와의 관계가 그렇습니다. 현재 이 녀석과 완력 싸움을 하느라 서로 간의 마음이 너무 소란스러운 시기를 보내고 있습니다. 그런데 갑자기 오늘 '체스터'가 완전히 변했습니다. 어제 날뛰던 '체스터'가 아닙니다. 날뛰기는커녕 저의 말에 아주 잘 따라 줍니다. 어제 제자리에서 '산양 뜀'을 해, 저의 간담을 서늘하게 만들던 녀석이 아니었습니다. 말이 바뀌었나? 이유가 뭘까? 곰곰이 생각해 봅니다. 어제와 다른 점은 제가 한 손에 채찍을 들었다는 점, 그리고 확실히 못 할 거면 처음부터 다시 하라고 했던 교관님 말을 지키려고 했던 점입니다. "속보도 구보도 아닌 속도로 무리해서 가지 말라"는 말이었습니다.

사실 오늘 구보를 하려는데 처음에 잘 안됐습니다. 그래서 무리하게 가려고 하지 않고 다시 멈춰서 박차를 한 번 정도 가하거나 채찍으로 살짝 긴장하게 한 다음 출발했습니다. 이런 과정을 여러 번 반복하니 종아리로 녀석의 배를 살며시 눌러도 잘 가네요. 반복 학습의 효과인가요? 무리하지 않고 욕심을 버리고 반 바퀴, 1바퀴, 2바퀴로 늘려갔습니다. 그리고 멈추는 것을 확실히 해 '체스터'가 저에게 집중하고 복종하게 했습니다. 물론 이러한 연습이 말에게 스트레스를 줄 수 있다고 생각되어 이 연습을 하기 전 평보에 10분, 경속보에 20분, 좌속보에 10분 이상을 투자해 '체스터'의 몸을 충분히 풀어 주었습니다. 또한 8자 돌기 등 다양한 방향 전환을 통해 말의 몸이 충분히 이완되게 하였습니다. 이런 방향 전환은 말의 스트레칭을 돕고 온순하게 만들기 때문에 추운 날 혹은 운동을 오래 쉰 경우 필요하다고 합니다.

어제는 사실 무리를 해서라도 구보를 오래 하려고

했지만, 오늘은 1바퀴, 2바퀴, 3바퀴 등 규칙적으로 진행하고, '체스터'가 앞으로 가지 않으면 멈춰서 다시 시도했습니다. 또 어제는 지루하고 단순한 운동을 했지만 오늘은, 운동 궤적을 다양하게 해 줌으로써 보다 활발한 움직임을 만들려고 노력했습니다.

그러자 '체스터'가 달라진 것입니다. 정말 굴요를 하고 몸이 스프링처럼 탄력 있게 풀어지네요. 구보를 할 때 반동도 좋고, 저의 명령에 잘 따르며 튀지 않고 반항도 하지 않습니다. 어제와 달리 욕심을 내려놓은 훈련법이 제 말을 바꾸어 놓은 것 같습니다. 모든 일은 욕심부릴 때 탈이 나는 법입니다. 하지만 사람은 이기적인 동물이라 자기 마음대로 타고 싶은 욕심이 있어, 이런 교훈을 알면서도 실천하기가 쉽지 않습니다. 승마는 자신을 갈고닦을 수 있는 성찰의 시간을 많이 줍니다.

저, 타는 모습 보셨어요?

말을 타다 보면 제일 매끄럽게 되지 않는 부분이 강약 조절입니다. 기승자의 다리를 말의 몸에 밀착시킨 채 배를 압박하여 앞으로 나가게 해야 하는데, 지금 타고 있는 '프리스비'는 무거워서 그런지 전혀 반응이 없습니다. 이럴 땐 가볍게 다리로 두드려서 '프리스비'의 주의를 기울이게끔 하는데, 기승자가 성질이 나서 갑자기 배를 때리듯이 치면 말이 놀라고, 기승자와 말의 연결고리가 툭 끊어집니다. 즉, 저의 컨트롤 밖에 있게 됩니다. 사실 기승자가 이 강약을 조절하기 위해서는 수많은 연습이 필요합니다. 다리로 볼록한 배를 눌러줘서 앞으로 쭉 나가게 해야 하는데, 너무 살살하면 움직이지 않고 너무 세게 쳐버리면 놀라는 경우가 많습니다. 물론 훈련이 잘된 말들은 예외지만, 제가 타는 '프리스비'는 교육용 말로 강습을 받는 사람 누구나 탈 수 있는 말이기 때문에 아주 정교한 태도를 갖추고 있지는 않습니다. 그래서 기승하다가 배를 '탁' 치거나 강약 조절에 실패할 경우, '프리스비'가 고개를 들거나 혹은 앞으로 내밀거나 방정맞게 흔드는 경우가 있습니다. 이러면 말의 머리를 조종하기 어려워집니다. 말은 이마에서 코까지 일자로 내려온 상태로 머리가 고정되어 있는 것이 가장 좋다고 합니다.

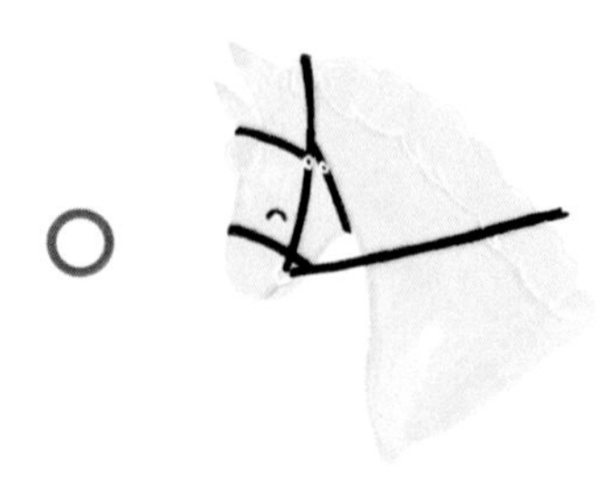

이를 위해서는 잡고 있는 고삐가 안정적이어야 하고 손을 부드럽게 써 재갈이 입을 자극하지 않도록 해야 합니다. 동시에 말이 다른 생각을 하지 못하도록 다리로 배를 꼭 감싸야 합니다. 평보일 때는 이 자세를 만들기 쉽지만, 속보나 구보처럼 움직임이 심할 때는 어렵기 때문에 말과 컨택(Contact)이 힘든 상태가 되곤 합니다. 선수들이 타는 것을 지켜보면 말머리가 이마부터 코끝까지 일자로 내려오고 몸만 편하게 움직이는 게 보입니다. 하지만 저 같은 초보자들의 경우 말머리가 이리저리 흔들리거나 코가 앞으로 쑥 나온 기울어진 형태가 대부분입니다. 원인은 대부분 다리로 말을 컨트롤하지 못하고, 고삐를 살살 잡아가면서 말에

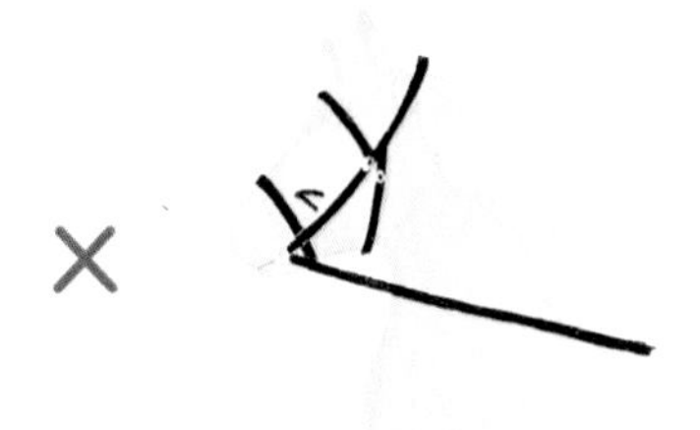

게 명령하지 못했기 때문입니다. 최악의 경우엔 일부러 말을 복종하게 만든다고 고삐로 힘껏 당기는 경우도 있습니다. 이런 행동은 말에게 크나큰 상처를 주는 행동입니다.

엊그제 지나가던 감독님에게 물어봤습니다. "혹시 저 말 타는 것 본 적 있으신가요? 뭐 고칠만한 건 없을까요?" 무언가를 배우려면 이런 넉살이 필요한 것 같습니다.

"많이 보진 못했지만, 코너에서 다리를 안 쓰시는 것 같아요. 돌 때 안쪽 다리는 자동차의 액셀처럼 부릉부릉 밟는 것이 아니라, 말의 스타일에 따라 안 쪽 배를 긁거나 누르거나 박차를 살짝 대고 있어야 하고, 다른 쪽 다리는 고정하되 살짝 뒤로 빼 말에게 구보가 아니라 단지 코너를 돈다는 것을 알려줘야 합니다."

하지만 저는 다리를 사용하지 않고 고삐만 쓰기 때문에 몸이 자연스러운 C자 형태로 코너를 돌지 않고 목만 돌아간다는 것입니다. 사실 승마 경력이 얼마 되지 않았을 때는 편하게 고삐만을 이용해 목만 돌려줘 방향을 전환한 게 사실입니다. 하지만 코너를 제대로 돌려면 체중도 이동시키고 과하지 않게 다리를 이용하면서 온몸을 활용해야 합니다. 코너링을 많이 연습할수록 자연스러운 무게중심 이동이 무엇인지, 또한 체중이 이동하면서 다리의 위치가 어떻게 변하는지에 대해 기승자 스스로 느낄 수 있습니다. 동시에 말이 어떻게 휘는지, 말의 머리만 휘어지는지 아니면 몸 전체가 휘어지는지를 기승자 스스로 느끼고 알아내야 합니다. 말은 남이 대신 타 줄 수 없기 때문입니다. 그래서 자신의 기승술을 높일 수 있는 방법은 자신이 제일 잘 알고 있습니다. 저는 아직 말을 제대로 이해하지 못하고 몸으로 아직 표현하지 못한 것 같습니다. 하지만 언젠가는 될 것이라는 희망을 가져봅니다.

찬 바람이 싫었구나

겨울이라 그런지 아침에 걸어오는데 땅은 다 얼어 있고 어제 내린 눈이 군데군데 녹지 않고 남아있네요. 게다가 바람까지 불어 줍니다. 콧구멍으로 찬바람이 들어가면 예민한 동물인 말은 쉽게 흥분합니다. 추운 날엔 사람도 움츠러드는데 맨몸으로 밖에 나오는 말은 당연히 짜증이 날 것 같습니다. 아니나 다를까 이런 날 우려하던 일이 벌어졌습니다. 원래는 마방 굴레를 벗기기 전에 로프 등의 끈으로 말의 앞쪽에 차단 끈을 묶어 앞으로 나가지 못하게 막아야 합니다. 그래야 안장도 채우고 굴레도 씌우면서 발생할 수 있는 사고, 오늘처럼 말이 튀어 나가는 경우를 예방할 수 있습니다. 다시 생각해 봐도 끔찍한 상황이었습니다. 여러분도 이런 시행착오를 겪지 않았으면 합니다. 자초지종을 설명하자면 평소에는 굴레나 안장을 씌우기 전 수장용 로프를 말 앞쪽에 연결해 간이 울타리처럼 만드는 것이 상식입니다. 그런데 오늘은 약간 늦게 나온 탓도 있고, 빨리 타고 싶은 욕심과 평소 수장할 때 얌전했던 '스위프트'에 대한 믿음으로 방지 울타리를 만들지 않고 마방 굴레를 벗겼습니다. 그런데 이와 동시에 옆에서 수장하고 있던 다른 말이 추워서 '푸르륵' 떠는 게 아닙니까? 그러자 놀란 내 '스위프트'가 뛰쳐나가 버렸습니다. 이런 황당한 상황에 제가 당황해서 안장을 잡은 채로 약 5m 정도 끌려갔었습니다. 옆에 있던 부 교관님들이 놀라 위험하니 빨리 손을 놓으라고 소리쳤습니다.

그 상황에 시멘트 바닥에 부딪히는 말발굽 소리까지 더해져 정말 공포스러운 순간이었습니다. 그러다 뛰쳐나가던 '스위프트'가 갑자기 멈췄습니다. 하지만 저는 고삐도 없이 말을 어떻게 다룰지 몰라 고심하고 있는데, 부 교관님이 옆에서 얼른 마방 굴레를 가지고 오라고 지시했습니다. 그리고 다른 사람과 함께 조심스레 '스위프트'에게 다가가 한쪽 앞발을 들어 올렸지요. 옳지, 저러면 말이 가만히 있겠구나. 사실 말에 굴레도 못 씌운 상태여서 갈기* 빼곤 온몸에 잡을 데가 없던 상황이었습니다. 발을 드는 건 생각지도 못했습니다. 아무튼 저는 마방 굴레를 가져와 '스위프트'가 놀라지 않도록 천천히 다가가서 착용시켰습니다. 부 교관님이 들었던 앞발을 내려놓으며 큰일 날 뻔했다고 말씀하시

* 말의 목덜미에 난 긴 털

네요.

그리고 만약 고삐라도 어설프게 걸려 있었다면 말이 달리다가 다리가 고삐에 걸려 넘어질 수도 있고, 다른 큰 사고로 이어질 수 있었다고 덧붙였습니다. 사실, 바닥에 얼음이 있거나 미끄러운 시멘트 바닥이 많은 마장에선 말이 미끄러지거나 다른 물체와 충돌할 수도 있습니다. 오늘 그보다 더욱 위험했던 것은 당황한 제가 안장을 잡고 말을 따라간 것이었습니다. 예전에 실제로 뛰쳐나가는 말을 잡아보겠다고 옆에 있는 등자를 잡아당기다 사람이 같이 엉켜 끌려 간 경우도 있었다고 합니다. 생각만 해도 아찔하지요. 정말 위험한 순간이었습니다.

다시는 이런 실수를 하지 말아야겠다고 속으로 되뇌었습니다.

선배의 쓴소리

오늘 마장에서 선배에게 꾸중을 들었습니다. 말을 탈 때 고삐를 어깨에 걸고, 올라탔기 때문입니다.

"그러다 말이 놀라서 달려가면 어떻게 해? 만약 튀어나가면 당신도 같이 끌려가. 무조건 말 탈 땐 고삐를 짧게 꽉 잡고 또 갈기를 같이 잡아 고정한 후에 올라타야 해. 그리고 기본 마술을 하든 다른 무엇을 하든 고삐는 항상 팽팽하고 짧게 유지해야 순간적으로 놀라도 말에 매달려 있을 수 있어."

지금 생각하면 기본 중의 기본을 선배가 말한 것인데 왜 그리도 생소하게 들렸는지 모르겠습니다. 사실 그 당시 제가 타고 있던 말은 '프리스비'라는 녀석인데 성질이 무뎌서 크게 놀랄 일이 없을 것이라 믿고 있었습니다. 그래서 편한 마음에 고삐를 어깨에만 걸치고 무리하게 타려고 했던 것입니다. 지금 생각해 보면 기본적인 것인데 많이 부끄럽습니다. 승마에서 고삐의 정석은 돌발 상황에 빠르게 대처하기 위해서 말에 올라탈 때도 반드시 고삐를 쥐고 있어야 합니다. 간혹, 손이 불편하다고 팔이나 손목에 감고 말에 오르는 사람들이 있는데, 말이 갑자기 놀라기라도 하면 끌려갈 위험이 있습니다. 오른손잡이인 저는 말에 올라탈 때 왼손으로 고삐를 팽팽하게 하고 갈기를 같이 잡고 올라탑니다. 이러면 원래 잘 움직이는 말도 움직이지 않는 순간이 오는데 이때 올라타는 것이 요령입니다. 순서대로 해보면 첫째, 오른손으로는 안장 뒷부분을 잡고 왼발을 등자에 걸칩니다. 둘째, 오른발로 땅을 박차고 가볍게 올라타되 말을 자극하지 않도록 주의합니다. 등자가 높을 경우 다른 사람의 도움을 받거나 발받침대를 이용하는 것이 좋습니다. 내릴 때는 올라타는 것과 반대로 안장 뒷부분이 아니라 안장 앞부분을 잡고 오른발부터 내립니다. 유념해야 할 점은 내릴 때 오른발 뒤축의 박차가 말의 등을 무심코 찌르지 않도록 하는 것입니다. 마지막으로 등자에서 내려옵니다. 이때도 고삐를 쥐고 있어야 합니다.

*

박차는 음성신호 등 주부조가 말에게 효과가 없을 때 사용하는 도구로 말의 민감도에 따라 박차 종류가 달라집니다. 즉, 말과 기승자의 실력에 따라 박차를 선택하게 됩니다. 박차는 톱니, 막대 등 다양한 모양부터 길이별로 많은 선택권이 있습니다. 여러 가지의 박차 중에서 자신의 스타일과 말에게 맞는 모양과 길이를 찾는 게 중요합니다. 박차는 기승자가 잘못 사용하면 말에게 큰 아픔으로 다가올 수 있습니다. 항상 부드럽게 사용해야 하며 발은 항상 11자를 유지해 반동 시 불필요한 실수를 줄여야 합니다. 또한 초보자들이 실수하기 쉬운 점이 박차를 착용할 때 그림처럼 수평으로 똑바로 부츠에 묶어야 합니다. 너무 높거나 낮으면 꼭 필요할 때 말에게 엉뚱한 신호를 줄 수 있습니다. 기본과 신중함이 필요한 도구입니다.

깡

오늘은 잘타는 선배의 뒤를 따라가며 운동합니다. 이틀을 쉬어서 그런지 '케스트 어웨이'가 자꾸 까붑니다. 그리고 날이 너무 추워 손에 감각이 없습니다. 이러다 뭔 일 나겠구나 싶고 예감이 안 좋습니다. 몸을 데우기 위해 앞의 선배가 좌속보로 가더라도 저는 경속보로 가며 온몸을 움직입니다. 다리를 꽉 조이고, 고삐도 늘였다 줄이며 다양한 동작을 많이 해봅니다. 그래도 손가락은 아직 꽁꽁 얼어 있습니다. 이러면 고삐를 쓰지 못하니 오늘은 아예 고삐를 놔주고 타야겠습니다. 그리고 중심 운동이나 해야겠다고 마음먹습니다. 가면서 몸을 젖혀보고, 앞으로 기울여도 보고 코너를 돌 때는 몸을 비틀어 보기도 합니다. 최대한 다리를 접촉하려 하고, 속도가 줄었을 때는 더 큰 자극을 줘 앞으로 나가게 합니다. 날씨 때문이지만 고삐를 못 쓴다고 생각하니 오히려 다리의 감각이 살아나는 것 같습니다. 이제는 아예 등자에서 발을 빼고 고삐는 놔주고 다리에만 의지한 채 가고 또 서면서 리듬을 맞춰 봅니다. 이를 위해 혓소리도 내보고 다리를 고정한 상태에서 몸을 기울였다 젖히기를 반복합니다. 단, 최대한 천천히 상체를 움직이면서 멀리 쳐다보고 몸의 균형이 갑자기 흐트러지지 않도록 노력해야 합니다. 정말 신기하게도 '케스트 어웨이'가 저의 움직임에 방해받는지 천천히 가기도 하고 빨라지기도 합니다. 이 녀석이 리듬을 빨리 타면 몸을 약간 뒤로하고 내 엉덩이로 천천히 반동을 받으려고 노력합니다. 그러면 말이 천천히 갑니다. 천천히 갈 때는 다리를 조이거나 고삐 대신 음성 부조로 말을 재촉해서 다시 속도를 냅니다. 신기하고도 재미있습니다. 예전에는 무서워서 고삐에만 의지하고 탔었는데 타면 탈수록 깡이 느는지 점점 침착해집니다. 또 등자에 발을 안 낄수록 푹 앉게 되어 말에서 떨어지지 않는 것 같습니다. 추운 날씨 덕분에 이런 식으로 운동하니 어느새 손이 녹아 있고 몸도 점차 뜨거워집니다. 상황에 맞춰 그때그때 최고의 효과를 낼 수 있는 운동법을 찾아 훈련하는 것은 정말 좋은 방법인 것 같습니다. 상황은 항상 완벽하지 않기 때문에 융통성이 필요합니다.

나의 간절한 희망 사항

도대체 나보고 어쩌란 말인가?
허리를 펴고 상체를 뒤로하면 발이 앞으로 빠지고
발을 복대 뒤로 빼면 상체가 앞으로 빠지니
아아, 도대체 나보고 어쩌란 말인가?

다리를 조이면 균형을 잡느라 기좌가 흔들리고
깊숙이 앉으면 몸에 힘이 들어가 반동에 의해 기좌
가 흔들리니
아아, 도대체 나보고 어쩌란 말인가?

고삐를 짧게 잡으면 어깨가 앞으로 가고
고삐를 짧게 잡되 다리에 힘을 주면 말이 나가질
않으니
아아, 도대체 나보고 어쩌란 말인가?

고삐를 느슨하게 잡으면 자세는 잡히지만, 말머리를
컨트롤하기 어렵고
고삐를 짧게 잡으려고 하면 말이 머리를 움직여 손

이 왔다 갔다 하니
아아, 도대체 나보고 어쩌란 말인가?

양팔을 몸통에 붙이고 고삐를 내리면 어깨에 힘이 들어가고
양팔을 편하게 하면 팔이 떨어지거나 고삐를 높이 드는 버릇이 생기니
아아, 도대체 나보고 어쩌란 말인가?

추신 : 죄송합니다. 답답해서 그랬습니다.

나의 여유 있는 변신

제가 말을 타는 수년 간, 쑥쓰럽지만 정말 열심히 탔다고 자부합니다. 저는 장애물을 넘을 줄 알게 됐고, 신장속보*를 해보기도 했습니다. 그러나 제가 발전했다는 증거는 여기에 있지 않습니다. 진정한 실력은 이런 기술적인 것보다 예전보다 좀 더 섬세해졌고 말과 친해졌다는 데에 있습니다. 초보일 때는 말이 무서웠습니다. 관리사님이 했던 말 중 지금도 기억에 남는 말이 있습니다. 말이 훈련받은 대로 항상 말의 왼쪽에 서야 좋아한다는 것, 항상 눈을 쳐다보며 잘했을 때 칭찬해 줘야 한다는 것입니다. 특히 목이나 어깨를 쓰다듬으며 말의 마음을 안정시키는 한편 뒷 발에 채일 수 있으니 말의 뒤쪽에는 절대로 가지 말라는 것이었습니다. 이 말을 되뇌며 혹여나 말에게 차이지는 않을까, 또 혹시 말이 물지는 않을까 하는 두려움을 갖고 어쩔 줄 몰라 하던 기억이 나곤 합니다. 수시로 말을 쓰다듬고 말과 대화하려고 노력했던 점이 제가 변한 점입니다. 제가 구보를 하든 속보를 하든 나의 명령을 잘 따

* 속보의 속도로 말이 다리를 쭉쭉 뻗으며 신장해서 가는 것

랐을 때는 반드시 쓰다듬고, 말을 타기 전이나 타고난 후에는 왼쪽에서 말의 목과 어깨를 자주 쓰다듬어 주는 습관을 들였습니다. 지나고 보니 말과 친해지기 위해 정말 많이 노력한 것 같습니다. 그리고 저는 더 섬세해졌습니다. 초보일 때는 말을 다리와 고삐로 멈춰 세우는 식으로, 가고 서게 하는 방법만 익히려고 했습니다. 그리고 저의 몸은 단지 고삐와 다리, 허리로 구분되어 작동했습니다. 지금은 체중, 머리, 어깨, 허리, 손목, 허벅다리, 종아리, 엉덩이, 음성까지 쓸 수 있는 모든 부분을 다 이용하려고 노력합니다. 저에게 '여유'라는 변화가 찾아왔습니다.

제2장

말을 말하다

슬기로운 마구 착용기(전)

승마용 장비인 마구를 착용해 볼까요? 말에 올라타기 전 말 손질이 어느 정도 끝났다면 안장이나 아대*와

* 말의 발목을 보호하기 위한 도구로 장애물을 연습하거나, 네 발끼리 부딪치는 일이 우려될 때 착용

고삐를 장착해야 합니다. 장비실에서 안장을 꺼내옵니다. 안장은 가죽으로 되어 있어 나무나 안장대에 걸쳐 놓는데 이는 모양이 비뚤어지는 것을 막기 위해서입니다. 특히 동그란 말 몸통을 감싸기 위해 만들어졌기 때문에 안장이 한쪽으로 비뚤어지면 기승자와 말은 중심을 잡기가 어려워집니다. 제가 지금 쓰고 있는 안장은 장애물 안장으로 뒷부분(안장 꼬리)이 낮습니다. 말 등의 오목한 부분에 안장을 장착하는데 지금 타고 있는 말은 등성마루**가 높아, 높이차를 줄이기 위해 맨 밑에 젤(리) 패드***를 깝니다. 그 위에 재킹, 양털 깔개****, 안장을 놓습니다. 그리고 복대를 조이되 왼쪽에서 시작해 오른쪽으로 양쪽을 왔다 갔다 하며 균등하게 조이는 게 중요합니다. 편하게 하자고 한쪽만 조이면 비뚤어진 채 안장이 채워집니다. 주의할 점이 또 있습니다. 최대한 조였을지라도 마장으로 간 후 다시 조이도록 합니다. 말이 몇 번 걷다 보면 배에 긴장이 풀리면서 복대가 느슨해지기 때문입니다. 우리도 조금 움직이다 보면 벨트가 헐렁해지잖아요. 같은 원리입니다.

예전에 교관님이 "안장은 배가 터질 정도로 조여 놔

** 말 등에서 안장을 매는 앞쪽에 뼈가 툭 튀어나온 부분. 기갑이라고도 한다.

*** 기갑 부분의 안상을 막아주는 젤리로 된 패드

**** 안장과 깔개 사이의 공간을 채우고 말 등을 보호하기 위한 깔개

야 안전하다"라고 말했습니다. 동시에 등자 길이도 조절해야 하고 수시로 안장을 고정하는 과정을 습관화해야 한다고 했습니다. 타다가 안장이라도 돌아가 버리면 큰일이 벌어질 수도 있으니까 주의해야 할 것 같습니다. 다음은 재갈과 고삐를 장착해야 합니다. 처음엔 복잡한 가죽끈처럼 보이지만 몇 차례 하다 보면 쉽게 적응할 수 있습니다. 이 복잡한 끈들은 모두 말을 컨트롤하는 역할을 하는데 초보자들은 헷갈릴 수 있습니다. 이따금 재갈을 물지 않는 말들이 있는데 이때는 오른손으로 나머지 굴레를 들고 왼손으로 재갈을 들고 있다가 말이 입을 벌리는 순간 안으로 재빨리 넣어야 합니다. 이때 왼손의 엄지손가락을 재갈 물리는 이(말의 입에는 이가 없는 공간이 있어 재갈을 물릴 수 있는데, 오래전부터 인간과 함께 살아오며 진화한 것 같다) 사이에 넣으면 입이 쉽게 벌어져 재갈 물리기가 수월해집니다. 그런 다음 정수리 끈을 귀 뒤로 넘기고 나머지 뺨 끈, 목 끈, 고삐 등을 조절합니다. 말이 목을 이리저리 움직이지 못하도록 오른손으로 콧등을 잡은 상태에서 장착하며, 고삐를 떨어뜨리지 않도록 주의합니다. 승마는 안전과 직결되기에 기승자가 더더욱 신경 써야 할 부분이 많습니다. 즐거운 승마를 위해 슬기로

운 마구 착용 습관을 지녀야 합니다.

슬기로운 마구 착용기(후)

운동 후에는 말을 수장대에 잘 묶어둔 후 안장을 풀어야 합니다. 등자가 덜렁거리지 않도록 묶거나 짧게 등자 끈을 당겨 놓아 정리하기 쉽게 합니다. 아래에 있던 양털 깔개, 재킹, 젤(리) 패드까지 같이 벗기면 말 등에서 김이 모락모락 납니다. 이를 장비실 앞 통나무 위에 얹어 손질을 편하게 합니다. 소중한 안장이 변형되는 것도 막고 나중에 왁스 칠을 하기도 편해 일거양득입니다.

이젠 말머리로 가서 굴레 옆에 조였던 끈들을 풀어주고 양손으로 살살 벗겨 쇠로 만들어진 재갈에 의해 이가 상하지 않도록 주의합니다. 예전에 굴레를 벗기다 말이 놀라서 뛰쳐나가 혼쭐난 경험이 있습니다. 굴레까지 벗길 땐 제어할 수 있는 것이 아무것도 없는 상황이기 때문에 더욱 조심해야 합니다.

운동이 끝난 후에는 말을 잘 손질해야 합니다. 겨울철에는 목욕시키기 어려워 발굽을 손질하고 몸에 묻은 때와 먼지 등을 깨끗이 없애줘야 합니다. 그리고 말을 살피면서 굽에 이상은 없는지, 박차로 인해 배에 상처

가 생기지는 않았는지 등 건강 상태와 컨디션을 점검 합니다.

말의 다리는 혈액이 엉키는 현상이 잘 생기기 때문에 털 솔로 자주 솔질해 주면 좋습니다. 그러면 혈액 순환에도 좋고 엉겨 붙은 때를 밀기에도 좋습니다. 특히 물로 샤워하다 보면 피부에 딱지처럼 엉겨 붙는 물때*로 인해 말의 피부가 상할 수 있습니다. 이런 물때는 평소에 솔질로 제거해 줘야 합니다. 솔질할 때 한쪽 손은 꼭 말에 갖다 댄 채로 해야 내 옆에 누가 있다고 하는 것을 말에게 알려줄 수 있습니다. 솔질하면서 말에게 나를 인지시키는 것은 중요합니다. 예전에 한번 손을 대지 않고 쪼그린 채로 말을 솔질하다가 녀석이 갑자기 움직이는 바람에 손이 밟힐 뻔한 적이 있습니다. 항상 말과의 컨택(Contact)과 교감이 필수인 것 같습니다. 해보면 아시겠지만, 굽이나 털 사이에 낀 모래나 똥 같은 것은 물로 한 번만 헹궈줘도 잘 없어집니다. 거기에 솔질까지 더하면 금상첨화입니다. 한 손으로 다리를 든 채 물로 발굽 부분을 닦는 것은 어렵지만 이 또한 익숙해지도록 노력해야 합니다. 그 후 부드러운 털 솔로 말 전체를 솔질합니다. 안장을 제거하면 말 등이 안장 자국과 땀으로 더러워져 있을 겁니다. 복대 부분도 땀과 털이 엉겨 붙기 쉬워 이를 잘 닦아주지 않으면 하얀 때로 굳어 버립니다. 털 솔로 마사지하듯이 손질하고, 굴레나 안장처럼 가죽이 닿았던 부분은 땀에 절어있기 때문에 집중적으로 솔질을 해줘야 합니

* 다리 부분에 땀이나 이물질이 끼어 털과 엉겨 붙는 것

다. 제일 간지러운 부분이기도 합니다. 그러고 나서 수건으로 구석구석 닦아줍니다.

가성비 승마용품

안전하고 쾌적한 승마를 즐기기 위해서는 연미복이나 정식 복장이 좋습니다. 하지만 여가 활동으로 즐기기에 승마용품의 가격은 부담스러운 것이 사실입니다. 정답은 아니지만, 저의 경우 바지는 오래 입기도 하고 신축성이 중요하기 때문에 가격을 따지지 않고 질 좋은 제품으로 장만합니다. 거의 매일 말을 타는 저로서는 옷 때문에 고생하는 일은 없어야 하기 때문입니다. 전문 승마바지는 기능성이 높아 자세를 잡는 데 도움을 주고, 운동 중에 생길 수 있는 불쾌감을 줄여줍니다. 처음에는 가격 때문에 싼 제품을 샀다가 결국엔 바꿨던 기억이 있습니다. 부츠 또한 내 발에 꼭 맞는 것으로 맞춥니다. 가죽 제품이기 때문에 한번 발에 길들면 바꾸기가 쉽지 않은 까닭입니다.

헬멧은 제 머리에 맞는 걸로 안전 규격만 맞으면 삽니다. 사실 땀에 절어서 오래 못 쓰기도 하고 승마 전용 헬멧은 매우 고가가 많습니다. 그래서 주변엔 해외 직구나 저렴하고 안전한 헬멧을 찾아 쓰시는 분도 있습니다. 그리고 상의는 평소에 안 입는 편한 옷으로 입습니다. 되도록 몸에 딱 달라붙는 스타일의 피켓셔츠를 선호합니다. 겨울철 점퍼도 몸에 딱 맞아야 합니다. 제가 꽉 끼는 옷을 좋아하는 게 아니라, 이유는 승마는 자세가 중요한 스포츠이고, 내가 혹은 다른 사람이 나의 자세를 보았을 때 허리를 폈는지 안 폈는지 정도를 파악하려면 타이트한 옷이 제격이기 때문입니다. 물론 맵시가 좋기도 합니다. 저는 말에서 자주 낙마하는 편입니다. 그래서 다른 건 몰라도 보호대는 꼭 착용합니다. 승마전용 보호대가 있긴 하지만 부피가 너무 크고 답답해 보이기도 해 제 개인 취향으로 오토바이용 보호대를 선호합니다. 조끼 스타일이라 받쳐 입기도 좋고, 같은 '라이딩' 제품이라 그런지 손과 어깨를 움직이는 데도 무리가 없습니다. 하지만 몸을 너무 많이 보호하려고 하면 도리어 움직임에 방해가 되는 것 같아 헬멧과 꼭 필요한 보호대만 착용합니다. 또한 보호대는 허리를 구부리는 것을 막아줘 바른 자세에도 도움이 됩니다.

겨울에는 날이 추우니 마스크나 장갑이 필수입니다. 특히 장갑은 매일 껴야 하는데 겨울에는 길거리에서 파는 저렴한 털장갑을, 여름엔 '천 원샵' 같은 상점에서 파는 원예 장갑을 사용합니다. 어차피 소모품이기 때문에 고삐의 감각을 느낄 수 있을 정도면 괜찮습니다. 잘 잃어버리기도 해서 가장 저렴한 것으로 삽니다. 사실 승마용 장갑은 몇만 원씩 하는데 개인적으로는 가격이 높다고 생각됩니다. 또한 추운 겨울엔 손이 얼지 않도록 하기 위해 '발가락 핫팩'을 사용합니다. 일반적인 핫팩의 반 정도 되는 크기인데, 이것을 장갑에 붙이고 타면 손이 얼지 않고 따뜻하게 잘 탈 수 있습니다. 승마 양말은 축구 양말을 활용합니다. 긴 양말은 부츠 안에서 가죽이 살에 닿는 것을 막아 불편하지 않도록 도와줍니다. 축구 양말은 브랜드만 포기한다면 승마용 양말에 비해 매우 저렴해 5개 정도 사서 매일 갈아 신습니다. 가성비가 매우 좋습니다. 그리고 엉덩이 보호대가 부착된 '자전거 바지'를 꼭 입습니다. 안장 때문에 가랑이 사이가 계속 닿아, 여길 보호하기 위해선 보호대가 필수입니다. 몸에 쫙 붙는 승마 바지 안에 입을 수 있는 보호대로는 최고인 것 같습니다. 어차피 안 보이는 부분이기 때문에 인터넷 쇼핑을 통해 패드가 있는 제품 중 가장 저렴한 것으로 구입합니다. 눈이 나쁜 저는 고글형 선글라스에 도수를 넣어서 사용합니다. 안경점에서 최대한 밝은 노란색으로 사는데 버스 기사님들이 운전할 때 사용하는 노란색 렌즈 같은 것을 떠올리면 됩니다. 노란색 렌즈의 선글라스는 실내마장 혹은 그늘진 곳에서 탈 때 눈을 보호하면서 시야도 확보할 수 있습니다. 그늘진 곳은 노면 상태가 잘 안 좋아도 잘 보이지 않습니다. 그래서 이런 것들을 피해 가지 못하면 말의 무릎이 상할 수가 있습니다. 참고로 마찰 때문에 소리가 나는 옷이나 액세서리는 말이 놀랄 수 있기 때문에 착용하지 않는 것이 좋습니다. 하지만 시계는 시간을 재는 데 필요하기 때문에 꼭 착용하는 편입니다. 가죽 부츠나 가죽 제품을 손질할 때는 집에 있는 오래된 '영양 크림' 등의 화장품을 사용하거나 '천원샵'에서 저렴한 가죽 크림을 구입해서 사용합니다. 이것들을 가죽에 자주 발라주면 길이 잘 들어, 내 몸에 꼭 맞게 됩니다. 몸에 잘 맞을수록 훨씬 기분 좋게 승마를 할 수 있습니다. 승마용품을 현명하고 지혜롭게 갖추면 멋도 낼 수 있습니다. 장비가 멋있어야 저도 더 멋있어지는 것 같습니다. 아무리 생각해도 승마용품은 아직 너무 비싼 것 같습니다.

귀소본능

"동물이 자신의 서식 장소나 산란, 육아를 하던 곳에서 멀리 떨어져 있는 경우, 다시 그곳으로 되돌아오는 성질로 귀소성, 회귀성이라고도 한다." 사전에 나온 귀소본능[Homing Instinct]의 의미입니다.

말은 귀소본능이 정말 강한 동물입니다. 오늘 아침 수장대에 말을 매고 있는데 녀석이 갑자기 튀어 나가 버리는 것입니다. 그 녀석도 프라이버시가 있으니 이름은 안 밝히려고 합니다. 물론 제가 이렇게 글을 쓰고 있다면 별 탈 없다는 이야기이기는 합니다. 다행히도 말은 이리저리 도망 다니다 알아서 자기 마방으로 들어가 버렸습니다. 만약 이 말이 다른 곳으로 튀어가기라도 했다면 아찔한 상황이 연출될 수도 있었습니다. 거듭 강조하지만, 고삐를 놓치는 일은 절대 없어야 합니다. 물론 감당하기 힘든 순간에는 고삐를 놓아야 합니다. 녀석이 튀어 나간 이유를 추측해 봅니다. 그 녀석은 긴 연휴 동안 좁은 마방에 갇혀 있었고, 하필 오늘 아침 기온이 영하 8도까지 내려가면서 갑자기 추워졌던 게 제일 컸던 것 같습니다. 날도 추운데 인정머리 없는 주인이 미웠으며 그래서 따뜻한 마방이 그리워 돌아가려고 했던 것 같습니다. 이 녀석이 집으로 안 돌아가고 거리로 뛰쳐나갔다면 어떤 일이 벌어졌을까요? 상황을 수습하기 어려웠을 것입니다. 가뜩이나 잘 놀라는 녀석인데다 추운 겨울날 마방 주변은 온통 얼음판이라 곳곳에 위험이 도사리고 있기 때문입니다. 또 얼음판이 아닌 시멘트 도로로 나갔다 해도 쇠로 된 발굽이 미끄러지면서 크게 다칠 수 있습니다. 다음부터 오래 쉬고 있던 말을 밖으로 데리고 나올 때는 특히 조심해야 할 것 같습니다. 날이 너무 추워 따뜻한 마방으로 돌아가려는 귀소본능을 못 말렸던 것 같습니다.

벌 OR 설탕 바른 당근

'당근과 채찍'이라는 말을 습관적으로 사용하셨죠? 사실 승마 용어는 아니고 보상과 처벌을 통해 일의 수행 능률이 증가할 수 있다는 20세기 경영이론 분야에서 많이 응용된 말입니다. 그런데 진짜 말과의 관계에서도 당근과 채찍이 통할까요?

승마에서도 어떤 행동을 이끌어 내기 위해 보상의 방법을 선택하는 것에서는 일치합니다. 하지만 당근과 채찍은 잘 사용되면 달콤함이지만 자칫 잘못된 방향으로 사용한다면 미래의 독이 되어 돌아옵니다. 당근과 채찍은 말을 움직이게 할 수 있으나 마음마저 움직이려면 많은 기술이 필요합니다. 저의 경험을 빗대어 말씀드리면 말이 내 명령에 즉각 반응했을 때 말을 탄 상태에서 목 부위를 손으로 툭툭 쳐 줍니다. 잘했다는 말 대신 몸으로 소통하는 것입니다. 더 말을 잘 들었을 때는 엉덩이를 가볍게 두드려 줍니다. 여기서 말이 특별히 자기 목과 엉덩이를 쓰다듬어주기를 바라는 것은 아닙니다. 저의 팔 길이로 인해 어쩔 수 없이 정해진 부위일 뿐입니다. 하지만 말은 반복된 학습 효과로 자신이 칭찬받는다는 사실을 정말 잘 알아듣습니다. 잘한 경우에 이렇게 적극적으로 소통하는 것은 좋은 관계 형성에 도움이 됩니다.

반대로 잘못했을 경우 벌을 주어야 하는데, 누가 잘못했는지 그 원인을 찾는 것이 우선입니다. 만약 내 잘못인데 애꿎은 말에게 화를 내면 반항심만 생겨 역효과가 나기 때문입니다. 저의 경험상 거의 기승자의 잘못이 대부분입니다. 말이 잘못한 경우는 수년간 3번 정도에 불과했습니다. 그래도 정말 말이 잘못한 경우라면 날카로운 소리로 야단을 치고, 아주 큰 잘못을 했을 때는 채찍으로 어깨나 엉덩이를 때리는 식으로 잘못을 알려줘야 합니다. 결국 채찍을 사용할 때는 신중해야 합니다.

제가 채찍을 사용해 혼을 냈던 적은 말이 장애물을 넘지 않으려 해 나를 위험에 빠뜨릴 뻔한 아찔한 순간이었습니다. 저의 리듬과 부조가 정확했음에도 말을 듣지 않은 까닭을 추측해 보면, 말이 저를 얕잡아 봤거나 단순히 장애물을 넘기가 싫었던 것 같습니다. 말과 기승자 모두의 안전을 위해 벌은 꼭 필요하며, 신중하게 벌하는 태도 또한 필요합니다. 이러면 반항심 없이 말의 마음을 움직일 수 있을 겁니다. 벌한 후 진심으로 저에게 마음을 움직이면 설탕 바른 당근이라도 하나 줘야겠죠?

말의 기억력

말의 기억력은 대단합니다. 아픈 상처를 평생 기억하는 것만 봐도 알 수 있는데 이를 전문용어로 '악벽'이라고 합니다. 말은 간혹 비정상적인 행동을 보일 때가 있는데 이는 심리적 불안이나 육체적 고통을 느낄 때 나타납니다. 하지만 이런 행동이 반복되면 습관으로 굳어져 못된 버릇이 됩니다. 전문가일수록 좋은 말에게 나쁜 습관이 생기지 않도록 말 관리에 최선을 다하는 이유이기도 합니다. '세 살 버릇 여든까지 간다'라는 속담도 있듯이 말에게도 나쁜 습관이 생기면 고치기가 쉽지 않습니다. 물론 전분가의 손길을 집중적으로 받아 7~8개월 정도 훈련하면 고칠 수도 있습니다. 악벽이 없는 말을 만들려면 기승자는 오랜 기간 정성을 들여 말에게 나쁜 버릇에 대한 정확한 교정 교육을 시켜야 합니다. 제가 어렸을 때 아버지한테 배웠던 자전거 타는 방법을 지금까지 고수하는 것만 보아도, 처음 받았던 교육은 쉬이 고쳐지지도 또 잊히지도 않는 것 같습니다.

'필란더'라는 말은 출구만 보면 거기로 나가려는 습

관이 있었습니다. 또 반대편에서 말이 다가오면 안절부절못하거나 다른 방향으로 튀어가려고 하는 습성이 있었습니다. 이러한 악벽을 고치기 위해 저는 출구를 무시하고 지나가 보기도 하고, 일부러 다가오는 말 옆으로 추진을 주어 지나가 보기도 했습니다. 다행스럽게도 이런 훈련을 통해 지금은 많이 좋아졌습니다. 하지만 완벽히 고쳐지지는 않았습니다. 트라우마가 아직 남아 있는 것 같습니다. 저를 만나기 이전에 '필란더'는 특히 앞발 들기 일명 '기립'을 정말 잘했던 말이라고 합니다. 악벽 중에서도 최고로 위험한 악벽입니다. 사람이 말에서 떨어지는 것을 넘어서 말에 깔리는 상황이 벌어질 수도 있기 때문입니다. 그래서 예전에 말 조련사분이 이 악벽을 고치기 위해 학생 선수 중 몸무게가 100kg인 친구를 태웠다고 합니다. 그 친구가 한동안 탔더니 더 이상 앞발 들기를 하지 않았다네요. 제가 말이어도 정말 앞발을 들고 싶지 않을 것입니다.

승마에서 기승자와 말이 연애하듯 서로를 보듬어 가는 과정이 정말 중요합니다. 좋은 말을 만드는 데 최소 5개월이 걸리지만, 잘못된 부조나 기승자의 나쁜 습관으로 말을 망가뜨리는 데는 5분이면 충분합니다. 사람도 그렇겠지만 상처받은 마음은 쉽게 고쳐지지 않는 것 같습니다. 전 이 말을 굳게 믿습니다.

20cm

전 누군가가 어떤 기술을 가르쳐 주었을 때 잘 기억을 못 하고 반복적으로 틀립니다. 특히, 운동은 누군가가 가르침을 주면 몸으로 기억하고 이를 몸으로 이해하고 다시 몸으로 표현해야 합니다. 하지만 저만 그런지 공부할 때 암기 능력하고 운동 기술 배울 때의 암기 능력은 현저히 차이가 나는 것 같습니다. 그냥 공부 같으면 메모지나 핸드폰에 적어놓고 커닝이라도 할 텐데 말입니다. 이를 극복하기 위해 제가 사용했던 요령 한 가지를 여러분께 소개하려고 합니다. 기승술에서 공통된 부분을 모아 모아서 저반의 규칙을 만들고 기억하는 것입니다. 20cm는 제가 잊기 쉬운 기본 지식을 습관화하기 위해 나름대로 정한 규칙이니 모든 사람에게 딱 들어맞지 않을 수도 있습니다.

말을 수장하기 전 말 앞에 서 있어야 하는 경우가 있는데, 이때는 보통 정면에서 고삐를 좌우로 나눠 잡습니다. 재갈에서 약 20cm 떨어진 지점을 팔꿈치를 편 상태에서 쥐고 있으면 말이 편하게 서 있을 수 있고, 만약 돌발 상황이 발생했을 때 기승자가 쉽게 대처할 수 있습니다. 여기서 20cm는 다른 데서도 적용됩니다. 말 옆으로 설 때는 말의 목 왼쪽에 위치하며 재갈* 에서 20cm 떨어진 지점을 오른손으로 쥡니다. 이 정도 쥐고 말을 이동시키거나 움직일 때 순간적으로 제어하기 쉽고 관리자의 힘도 잘 전달됩니다.

그리고 말 위에 앉아있을 때 복대를 기준으로 20cm 떨어진 곳에 발이 자연스럽게 내려와서 위치하면 자세가 예쁩니다. 보통 발을 뒤로 살짝 빼라고 말하는데 그 정도가 20cm 정도입니다. 또 찾아볼까요? 고삐를 쥐는 양 주먹 사이도 20cm로 유지하면 너무 벌어져 보이지 않고 이쁩니다. 배꼽에서 고삐를 쥔 주먹까지도 20cm 정도 떨어뜨린다고 생각하면 너무 짧거나 너무

* 굴레에서 쇠로 된 부분으로 말 입에 물려진다.

긴 상태로 고삐를 쥐지 않아도 될 것 같습니다. 이런 규칙은 복잡한 동작을 기억하기 쉽고, 이쁜 승마 자세를 만드는 데도 효과적입니다. 저만의 '20cm' 미학은 말을 탈 때 도움이 됩니다. 예전에 광고에서 "비트박스를 하려면 북치기 박치기만 기억하세요."라는 멘트가 떠오릅니다. 북치기 박치기가 비트박스의 모든 것을 표현해 주진 않겠지만 초보자가 쉽게 접근할 수 있는 좋은 방법인 것 같습니다.

"승마 자세에서 20cm를 기억하세요."

장애물 안장 vs 마장마술 안장

우리나라에서 승마를 가르치는 교관들은 스타일에 따라 크게 장애물(마술)을 전공한 교관과 마장마술을 전공한 교관으로 나뉠 수 있습니다. 보통 승마에서 이 두 종목이 가장 일반화되어 있기 때문입니다. 이외 지구력, 크로스컨트리, 경기용 마차 등 다양한 분야가 있기는 한데 수요가 많지는 않습니다. 전공에 따라 기승 스타일도 달라집니다. 말을 다루는 기본은 같지만, 전공 종목에 따라 훈련 방법과 가르치는 방법이 다릅니다. 특히, 그들이 타는 안장의 생김새부터가 다르기 때문에 자세도 확실히 차이가 납니다. 저는 처음에 장애물 안장으로 배웠습니다. 초보 때는 뭐가 뭔지 몰랐기 때문에 선택의 여지가 없었고 당시 비치되어 있던 것 중 제일 괜찮은 것으로 고른 결과가 장애물 안장이었습니다.

장애물 안장은 장애물을 비월*할 때 효과를 극대화하기 위해서 엉덩이 닿는 부분이 좁고 안장 뒷부분이 낮은 것이 특징입니다.

---

* 일정한 장애물을 뛰어넘는 것

점프할 때 전경자세[**]를 하고 엉덩이를 살짝 드는데 안장 뒷부분이 높으면 엉덩이를 칠 수 있기 때문입니다. 물론 공중에선 안장과 몸이 살짝 떨어져 있어야 합니다. 낮은 장애물에서는 큰 영향을 받지 않겠지만 장애물의 높이가 높아질수록 말의 후구(엉덩이 부분) 또한 높아지기 때문에 안장 뒷부분이 기승자의 엉덩이를 칠 가능성이 커지므로 엉덩이를 살짝 들어줍니다. 예전에 마장마술 안장을 착용한 채 낮은 장애물을 살짝 넘었다가 엉덩이가 닿아 앞으로 고꾸라질 뻔한 적이 있습니다. 그래서 장애물 안장은 무릎을 고정시킬 수 있도록 안장 날개 부분이 잘 발달해 있고 앞으로 튀어 나가지 않게 해 줍니다. 또한 안장 뒷부분도 낮아야겠죠? 이렇게 만들지 않으면 사람이 공중에서 전경자세를 취하다 튕겨 나갈지도 모릅니다.

제 생각에는 초보자가 처음 자세를 잡기에 장애물 안장보다는 마장마술 안장이 유리한 것 같습니다. 자세를 잘 잡고 싶었던 저는 한동안 마장마술 안장으로 바꿔 탔었습니다. 보통 안정된 기좌를 위해서는 기승자의 엉덩이가 안장에 깊게 들어가 고정되어야 합니다. 그래서 마장마술 안장은 엉덩이 닿는 시트가 넓고

** 장애물을 넘을 때 공중에서 취하는 자세로 허리를 앞으로 구부리고 엉덩이를 든 자세

깊습니다. 즉, 앉았을 때 편안합니다. 그리고 비월을 하지 않기 때문에 안장 날개의 형태 특성상 허벅지와 무릎이 충분히 펴지도록 설계되어 있습니다.

가장 큰 특징은 안장 뒷부분이 높고 깊은 것인데, 덕분에 허리도 잘 펴지고 안정적인 자세를 잡는 데 최고인 것 같습니다. 하지만 이 안장을 하고 장애물을 넘는 것은 권하지 않습니다. 물론 전천후로 제작된 안장도 있긴 하지만, 개인적으로는 장애물 경기(연습)에는 장애물 안장을, 마장마술 경기(연습)에는 마장마술 안장을 사용해야 한다고 생각합니다. 여담으로 안장에 이런 기능을 적용하기 위해 예전부터 안장 만드는 장인들의 실력은 최고였는데요. 이런 안장 만드는 기술을 활용해서 핸드백도 만들고 구두도 만들어 크게 성공한 회사도 있답니다. 그게 바로 Hermes(에르메스)입니다. 이런 마구 용품들은 역사도 오래되었고 이처럼 첨단 기능을 갖추기 위해 수많은 장인의 노력과 기승자의 피드백에 의해 만들어진 것 같습니다.

*

안장은 가죽으로 되어 있고 고가이기 때문에 오래도

록 사용하려면 더욱 잘 관리해야겠죠? 특히, 갑작스러운 비에 의해 젖을 경우에는 반드시 안장 손질이 필요합니다. 손질할 때 안장 거치대에 올리면 허리도 안 아프고 안장 고유의 모양이 망가지지 않아 효과적입니다. 만약 여의칞으면 통나무나 의사를 활용해도 좋습니다. 우선, 가죽제품은 다 그렇듯이 기름칠 전 물기나 먼지를 마른 천이나 브러쉬 같은 걸로 제거해 주어야 합니다. 이후엔 기름기가 있는 안장 비누로 물기가 많지 않게 거품을 내서 닦아주고 그늘에서 살짝 말리면 좋습니다. 이젠 본격적으로 안장 기름을 묻힌 천을 활용해서 열심히 닦습니다. 구석구석 잘 닦고 안 닦이는 부분은 칫솔 같은 걸 활용하셔도 됩니다. 여러분이 어렸을 때 아버지 구두를 닦았던 기억이나 군화를 닦았던 경험이 있으면 이해가 쉬울 겁니다. 이후 그늘진 곳에서 잘 보관하면 좋을 듯합니다. 햇볕에서 두면 갈라질 수 있으니 주의하세요. 사실 전용 안장 기름이나 안장 비누가 없다면 급한 데로 가죽용 크림을 '천원샵'같은데서 구매해서 활용하셔도 될 것 같습니다. 제품의 질보단 오염되었을 땐 얼마나 빨리 자주 손질해 주느냐가 더 중요합니다.

마방 굴레 씌우는 법

이른 아침 마방에서 말을 보면 제일 먼저 해야 할 일은 무엇일까요? 말을 데리고 나오기 위해선 마방에 들어가 말과 교감하는 것이 필요합니다. 말에게 마방 굴레*를 씌우기 전 온화하고 조용한 어조로 이야기하듯이 대해야 하는 거죠. 물론 이론은 그렇습니다. 하지만 현실 속 대부분의 기승자는 빨리 타고자 하는 마음과 귀찮은 마음에 마방 굴레를 씌우고 끌고 나오기 바쁩니다. 그러나 안전한 승마를 위해서는 교감이 최우선 순위입니다. 승마 서적에 나와 있는 마방 굴레를 씌우는 방법은 다음과 같습니다.

1. 왼손으로 마방 굴레를 말아 쥐고 말 목의 왼쪽에 선다. 대부분의 사람들이 오른손잡이기 때문에 왼편에서 굴레를 씌우는 것이 편하기 때문이다.
2. 오른손으로 코를 껴안은 다음 왼손으로 마방 굴레를 착용시킨다.

하지만 막상 해보면 매뉴얼처럼 되지 않고, 말에 굴

* 수장 시 사용하는 간단한 굴레로 재갈과 고삐 없이 로프와 연결돼 있다.

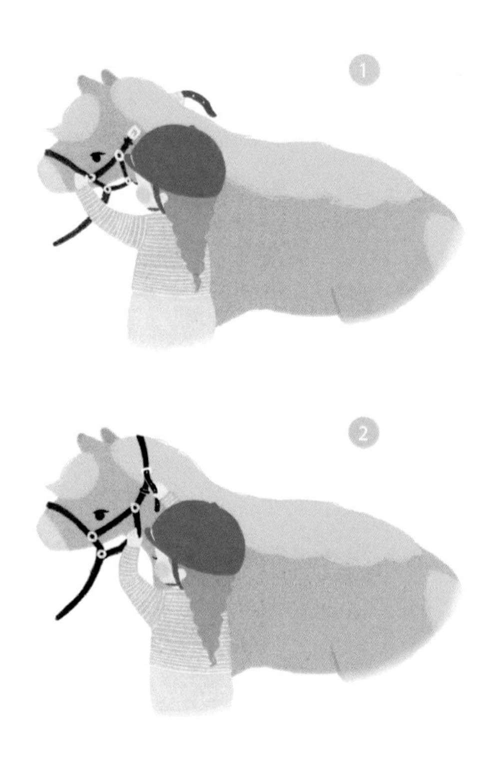

레를 씌우기 전 다양한 상황이 생길 수도 있습니다. 왜냐하면 말머리를 이리저리 흔드는 녀석도 있고 안 나가려고 뒤로 숨는 녀석들도 있습니다. 따라서 절대 서두르지 말아야 하며, 말을 쓰다듬고 터치로 대화를 나누기도 해야 합니다. 기본적인 방법을 숙지하고 있으되, 말은 살아있는 동물이기에 순간적으로 유연하고 안전하게 행동해야 합니다.

운동이 끝난 후 말을 마방에 넣을 때는 문을 완전히 열고 넣어야 합니다. 마방 문이 사실 크고 무겁습니다. 또한 건초나 이물질들이 마방 문틀에 끼어서 잘 안 열릴 수도 있습니다. 그래서 반 정도만 열고 들어가는 경우도 있는데 종종 말이 좁은 마방에 들어가다 부딪힐 수도 있고, 그러다 말이 놀라기라도 하면 아찔한 상황이 연출될 수도 있기 때문에 그러면 안 됩니다. 항상 조심해야 합니다. 들어간 후에는 말의 머리를 입구 쪽으로 향하게 돌리고 마방 굴레를 조심스레 벗겨 줘야 합니다. 간혹 말을 밥그릇 쪽으로 유도하는 등 다양한 상황에 따라 말을 이동시켜야 하는 경우가 생깁니다. 그때도 말의 왼쪽에 서서 안심시킨 후 왼손으로 말의 어깨 주변을 조용히 밀어 이동시켜야 합니다. 말의 발이 엉키지 않도록 주의하고, 옆으로 이동하면서 기승자의 발이 밟히지 않게 특히 조심해야 합니다. 승마는 자동차처럼 운전도 잘해야 하지만 주차도 잘해야 합니다.

오르락 내리락

• 말에 어떻게 올라탈까?

처음에 말을 보았을 때 당황했습니다. 생각했던 것 보다 높아 어떻게 올라가야 할지 고민이었습니다. 주변에 도와줄 사람이 없다면 어떻게 해야 할까요? 우선 고삐가 목에 잘 걸려있고 양쪽 등자가 잘 내려진 상태에서 말의 왼편에 섭니다. 고삐가 목에 있고 없고는 천지 차이입니다. 고삐로 인해 말이 약간 긴장을 할 수도 있고, 기승자에게는 위기 상황에서 잡을 것이 있다는 안도감과 대처를 쉽게 할 수 있도록 도와줍니다. 예전에 아무것도 걸치지 않은 상태로 말이 도망쳐 얼마나 애를 먹었는지 모릅니다.

다음은 복대를 확인합니다. 마장에 나와 말의 배와 복대 사이에 손가락을 넣어보면 100% 복대가 느슨해져 있습니다. 느슨한 복대는 사고의 원인이 됩니다. 복대를 단단히 조이고 타야 합니다. 왼손으로 등성마루 부근의 갈기와 고삐를 팽팽하게 함께 쥐고, 오른손으로 안장 뒷부분을 잡습니다. 말갈기와 고삐를 팽팽하게 잡기만 해도 말이 가만히 있을 확률이 높습니다. 물론 예외는 있습니다. 그리고 왼발을 등자에 겁니다. 이때 발끝이 배를 자극하지 않도록 주의합니다. 발끝이 말의 배에 닿으면 자극을 줘 말을 움직이게 만듭니다. 제가 초보자일 때 했던 실수입니다. 만약 성격이 더러운 말이었다면 나를 매단 채 앞으로 달려가 버릴 수도 있었습니다. 다리가 걸려있는 상태에서 끌려가는 상상만 해도 끔찍합니다. 오른손으로 안장 꼬리를 쥐고 오른발을 굴러 왼발로 등자를 밟아 내딛고 동시에 양팔로 갈기와 안장을 당겨 올라갑니다. 오른발을 올린 후 말의 몸이나 안장에 닿지 않도록 다리를 곧게 펴 조용히 안장에 붙이고, 고삐를 좌우로 나누어 쥐고 등자를 밟습니다. 이후 바른 자세를 취해 봅니다. 절대 서두를 필요는 없습니다. 몇 번 해보면 쉬워집니다만 처음에는 주변의 도움을 받는 것이 좋습니다.

• 난 숏다리, 내 말은 롱다리?

다리가 안 닿으면 올림판 위에서 말에 올라타도 괜찮습니다. 아니면 보조자에게 도움을 받는데, 그때도 모든 순서는 같습니다. 단지 왼쪽 무릎을 굽혀 보조자에게 주고, 보조자는 기승자의 왼쪽 발목을 오른손으로 밀어서 받쳐주는 게 차이입니다. 기승자는 오른발을 구르는 동시에 보조자는 잡고 있던 왼발을 들어 올립니다. 이때 기승자는 안장 머리를 잡고 "으랏차" 하며 재빨리 올라탑니다. 만약 보조자가 없다면 발판을 신속하게 찾아야 합니다. 승마용 말은 그냥 올라타기에 정말 높습니다.

• 말에서 어떻게 내릴까?

오르는 방법과 반대로 하면 됩니다. 단, 주의할 점은 내리면서 뒤꿈치로 말을 차거나, 불필요한 행동을 하지 않는 것입니다. 왼손으로 양쪽 고삐와 갈기를 쥐고 오른손을 안장 머리 위에 놓습니다. 양쪽 발의 등자를 뺀 뒤 오른발을 들어 마체나 안장에 닿지 않도록 조용히 뒤로 돌려 발을 가지런히 하고 가볍게 착지합니다.

• 타고 내릴 때 주의할 점은?

말을 움직이게 하면 안 됩니다. 고삐 등을 갈기와 함께 꽉 움켜쥐어 말의 움직임을 최소화할 수 있는 여건을 만드는 것이 중요합니다. 타고 내릴 때 동작은 말의 몸 가까이에서 조용하면서도 경쾌하게 합니다. 괜히 과하게 동작을 취하거나 갑자기 뛰어내리면 말이 놀랄 수 있습니다.

고삐 사용 설명서

재갈과 연결된 고삐는 말의 정지, 회전 등을 가장 신속하게 지시할 수 있는 부조라고 합니다. 사람도 그렇지만 말의 입은 부드럽고 민감한 부분입니다. 그러므로 기승자는 고삐를 섬세하게 조절해야 하며, 만약 잘못 조절하면 말에게 큰 고통을 줄 수 있다는 사실을 명심해야 합니다. 말 위에서 고삐를 쥘 때는 양쪽 길이를 같게 잡아야 하며 보통 약지 사이로 잡아 손바닥 안쪽의 엄지와 검지 사이로 빼 약간 당겨지듯이 잡는 게 정석입니다. 여기서 팁은 항상 팽팽하게 유지하는 것이 중요합니다. 너무 잡아당기거나 느슨하게 풀어주면 말에게 고통을 주거나 혹은 제멋대로 날뛸 기회를 줄 수 있기 때문입니다.

낙마할 경우에도 고삐를 놓아서는 안 됩니다. 고삐만 안 놓으면 말이 떨어져 있는 기승자를 뒷다리로 밟을 확률이 낮고 또 떨어지면서 받는 충격도 줄일 수 있기 때문입니다. 낙마를 연습할 수는 없지만, 항상 기억하고 있다면 무의식적으로 고삐를 잡을 수 있다고 믿습니다.

물론 낙마하지 않는 것이 제일이겠죠. 이처럼 말과 기승자의 연결고리 역할을 하는 고삐에 대해서 조금 더 알아보겠습니다.

• 되새기기!

말의 입은 너무 부드러워서 기승자가 주먹을 움켜쥐는 것만으로도 반응합니다. 그래서 고삐를 너무 세게 잡아당기면 말에게 큰 고통을 줄 수 있고 느슨하게 잡으면 컨트롤할 수 없게 됩니다. 항상 팽팽하게 유지하는 것이 좋습니다. 많은 책에서 양보라는 말을 많이 사용하는데, 양보의 뜻은 고삐를 너무 당기지 말고, 말이 고개를 들면 고삐를 풀어주고 너무 느슨할 경우엔 약간 당겨주면서 팽팽함을 유지하는 것이라고 이해하면 좋습니다. 이런 밀당을 유지하지 못하면 흔히 말하는 말과의 연결이 안 될 수 있습니다. 당겼다가 또 늘렸다가 하며 팽팽하게 텐션을 유지할 수 있는 그 중간 점을 찾아가는 것이 기승자의 역할이며 실력인 것 같습니다. 저도 초보였을 때는 무조건 당겼던 기억이 있는데 여러분은 그런 실수를 안 했으면 좋겠습니다.

• 정지할 때

저의 경우 멈출 때는 고삐를 살짝 쥐거나 당겨서 '나 조금 있다가 멈출 거야'라고 신호를 주고, 어깨를 살짝 뒤로 젖혀 무게중심을 뒤로 옮기려고 노력합니다. 그러면 말이 잘 멈출 수 있습니다. 동작은 절대 과하지 않게 해야 하며, 살짝살짝 손가락을 활용해 움직여도 말의 연약한 입에 재갈이 물려 있기 때문에 충분한 신호 전달이 됩니다.

• 방향 전환할 때

오른쪽으로 회전할 때 말의 목을 오른쪽으로 굴곡을 줘 회전시켜야 하는데 고삐를 오른쪽으로 살짝 당기면 알아듣습니다. 그러면 목이 그쪽으로 꺾이면서 회전을 하기는 합니다. 보통 초보일 때 이렇게 하지요. 하지만 안쪽 다리, 즉 오른쪽 다리로 배를 눌러주고 바깥다리, 즉 왼쪽 다리는 종아리로 뒤에서 지그시 대주면 목뿐만 아니라 몸 전체가 휘어져 자연스럽게 방향 전환이 됩니다. 이것이 정석입니다. 고삐가 방향 전환에 가장 중요하고 큰 역할을 하는데, 자연스러운 동작을 위해서는 언제나 체중, 다리 등의 다른 부조와 함께 사용해야 하는 게 중요합니다.

• 새 족할 때

말 앞에 두려워하는 물체를 보거나 운동을 더 하고

싶지 않을 때 말이 느려지거나 원하는 속도보다 줄어드는 경우가 있습니다. 이런 상황에선 상체를 약간 전경으로 하고 고삐를 느슨하게 한 후 혓소리를 내봅니다. 하지만 너무 고삐를 풀어버리면 가고자 하는 의지가 완전히 꺾일 수 있으니 어느 정도의 혓소리나 종아리로 자극을 주면 효과적입니다.

너와 나의 운동 고리 - 조마삭(調馬索)

보통 조마삭*이라고 부르는 원형 운동은 말이 오랫동안 쉬었을 때 몸을 풀어주기 위해서 합니다. 우리가 마라톤이나 힘든 운동을 하기 전에 몸을 풀어주기 위한 준비운동이라고 생각하시면 쉬울 듯합니다. 물론 말의 스트레칭은 물론이고 말을 조련하거나 초급자를 가르칠 때도 다양하게 활용됩니다. 그래서 보통 휴무일

* 조마삭(調馬索) : 약 6m 길이의 줄을 말 머리에 고정시키고 이 줄을 반경으로 한 원의 둘레를 말이 걷게 하는 도구.

에 쉰 후 처음 타는 날에는 꼭 조마삭을 돌리곤 합니다. 조마삭을 돌리면서 말이 잘 걷는지, 혹시 한쪽으로 기울어지진 않았는지 등을 관찰하며 말의 걸음걸이를 확인할 수 있고, 말에 따라 음성 부조를 통해 기승자와 대화를 나눌 수도 있는 장점이 있습니다. 좌우로 방향을 바꿔 돌려보기도 하고 평보, 속보, 구보를 단계적으로 시행하며 몸을 풀어주곤 합니다.

처음 조마삭을 배울 때는 생소하기도 하고 정말 흥미로웠습니다. 물론 처음에는 웬만큼 안정성이 확보된 말로 훈련해야 하며 반드시 교관님과 함께해야 한다는 조건이 있습니다. 조마삭은 7~8m의 긴 조마삭 끈을 이용해 말이 원을 돌게 하면서 기본 운동을 하게 하는 것인데, 위에서 봤을 때 기승사가 꼭짓점, 말이 밑변인 이등변 삼각형이 되도록 유지해야 한다고 생각하면 쉽습니다. 이론은 그렇지만 말은 로봇이 아니기 때문에 돌리다 보면 많은 변수가 생기기 마련입니다. 교관님이 알려준 대로 멈출 땐 '워워', 속도를 높일 땐 '쯧쯧' 하고 혓소리를 내봅니다. 톤이 높은 소리를 단계적으로 내면 훈련이 잘된 말은 평보, 속보, 구보를 단계별로 하게 되고, 반대로 '워워' 등으로 낮은 소리를 내거나 고삐를 기승자 쪽으로 더 당기면 말이 속도를 줄입니다. 다시 고삐를 풀어주면 말의 행동반경이 넓어져 속도 내기가 더 쉬워집니다. 마치 약속이라도 한 듯이 저와의 대화에 말이 말을 들으면 만족감이 상당합니다.

조마삭을 할 때는 1m가 넘는 긴 채찍을 사용하는데, 때리기 위한 게 아니라 저를 보호하고 말에게 동기부여를 주기 위함입니다. 간혹, 말이 제가 서 있는 쪽으로 갑자기 달려드는 경우가 있는데 이를 막기 위해 활용됩니다. 훈련이 잘된 말의 경우 채찍으로 말의 무릎이나 다리 쪽을 가리키면 속도를 낼 수 있으며, 반대로 채찍을 내리거나 안 보이게 하면 속도를 늦출 수 있습니다. 기승할 때 채찍을 사용하는 원리와 비슷합니다. 만약 안 되면 이 훈련을 반복적으로 해서 습관화시켜야 합니다. 물론 시간이 걸리겠지만 이런 부조(말을 움직이게 하는 자극 등)를 습관화시키는 것이 말과의 소통에 필수적입니다. 이등변 삼각형 공간을 만들기 위해 기승자는 말을 밑변으로 봤을 때 말의 중간에 위치해야 합니다. 최대한 서두르지 말고, 채찍은 보통 말의 어깨 부위를 가리키면서 운동시킵니다.

여기까지는 우리가 머리로 생각해야 하는 이론입니다. 하지만 현장에서 조마삭에 익숙해지는 것은 쉽지 않습니다. 말은 살아있는 동물이고, 순간적으로 달라지는 상황이 많기 때문에 늘 조심해야 합니다. 예전에 마방에 오래 갇혀있어 스트레스를 많이 받았던 말을 데리고 나와 조마삭을 돌린 적이 있습니다. 뭐에 놀랐는지 운동을 하던 중 갑자기 녀석이 날뛰기 시작했습니다. 무섭고 당황한 나머지 저도 모르게 조마삭 끈을 당겨버렸습니다. 원래는 말의 발걸음에 따라 조마삭 끈의 길이를 늘여주고 또 풀어줘야 하는데 당겨진 끈에 연결된 재갈이 더더욱 아프게 했는지 진정이 안 되었습니다. 다행히 그 당시엔 힘으로 버텼지만 만약 조마삭 끈을 놓치기라도 했다면 말이 달려 나가다 끈에 걸려 넘어지거나 미끄러질 수도 있는 상황이었습니다. 오랫동안 말을 홀로 내버려 두지 말고, 기승자가 평소에 부지런히 운동을 시켜주는 것이 가장 좋은 것 같습니다. 쉽지 않은 조마삭이지만 여러분들이 말과 함께 더 잘 소통하려면 재미있고 매력도 있는 훈련법입니다.

원운동

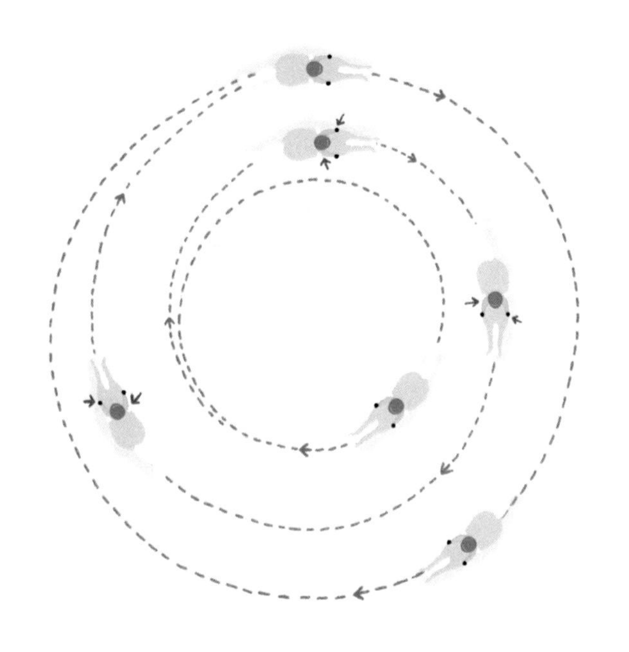

원운동은 어떤 물체가 한 점을 중심으로 일정한 속력으로 회전하는 것을 말합니다. 승마에서 원운동의

이론은 가장 많이 활용되는 운동법입니다. 사람과 달리 우리가 이해해야 할 것은 4발이 달린 길쭉한 말이 회전 방향으로 이쁜 원을 만들기 위해 안쪽으로 몸을 활처럼 휘게 하는 내방 자세를 만들어야 한다는 것입니다. 안 그러면 이쁜 원을 못 만들고 원의 궤적에 따라 움직이지 않을 것입니다. 이렇게 내방 자세를 통해 이쁜 원을 만든다면 말의 몸은 저절로 스트레칭이 되어서 훨씬 탄력 있는 컨디션을 유지할 수 있습니다. 또한 방향도 바꿔 가면서 일정한 속력인 평보, 속보, 구보 등 다양한 보법을 연습한다면 훌륭한 원운동이 됩니다. 이때 속도의 조절을 위해 추진을 정확하게 해줘야 하는데 뒷다리와 앞다리의 발자국에 따라 말의 속도를 측정하기도 합니다. 이런 속도에 따라 말을 늘리거나 줄이거나 할 수 있으며 다양한 보법이 가능합니다.

• 큰 원에서 작은 원으로

나선을 따라가듯 중심으로 차츰 접근해 봅니다. 기승자의 바깥쪽 다리에 의하여 말의 후구가 안으로 들어오도록 조금씩 밀어주면 가장 이상적일 것입니다. 하지만 대부분 초보자가 발보다 손이 익숙할 것입니다. 그래서 고삐 잡은 손으로만 조종하다 보면 말의 뒷부분인 후구는 원의 궤적에서 벗어나려고 합니다. 그때는 안쪽 손의 고삐를 꽉 쥐고 대신 바깥쪽 고삐는 팽팽하게 유지하여 말이 다른 쪽으로 나갈 확률을 줄이면서 다리로 밀려고 연습해야 합니다.

• 작은 원에서 큰 원으로

위의 내용과는 반대로 바깥쪽 고삐로 유도하고 바깥쪽 다리가 아닌 안쪽 다리로 말을 차츰 바깥쪽으로 밀어내 봅니다. 초보자들은 다리를 자유자재로 쓰는 것이 매우 어렵습니다. 그래서 안쪽 다리를 억지로 쓰다 보면 균형을 잡기 힘들어 바른 자세를 유지하지 못하는 경우가 많습니다. 연습이 많이 필요한 부분입니다. 대부분 다리 쓰는 게 어색하기도 하고 평소에 안 쓰던 근육이라 약해서이기도 합니다. 하지만 '언젠간 되겠지'라는 긍정적인 생각으로 자신을 위로하면서 열심히 해보면 좋은 결과가 있으리라 생각됩니다.

대화가 필요해

같은 말을 쓰는 사람끼리도 의사소통이 되지 않아 답답한 때도 있는데요. 말도 안 통하는 말과는 어떻게 대화할까요? 서먹한 말과의 관계를 개선할 수 있는 몇 가지 기술을 소개해 드리겠습니다. 우선 용어 정의부터 하자면 말에게 대화할 수 있는 수단, 넓게 보면 말의 심리를 지배할 수 있는 방법을 전문용어로 부조라고 합니다.

책에서는 보통 체중, 다리, 주먹을 '주부조'라 하고, 보조로 사용되는 채찍, 박차, 음성(혀 차는 소리)은 '부부조'라고 합니다. 여기서 중요한 것은 주부조가 부부조 보다 우선이라고 생각하셔야 합니다. 채찍보단 다리나 주먹 같은 주부조를 우선으로 해야 합니다. 부조는 가능한 한 힘을 적게 주고, 최대한 짧게, 일관된 동작으로 명확하게 주되 다른 신체의 움직임은 조용하게 유지해야 합니다. 그리고 상반되는 부조는 사용하지 않아야 합니다. 말마다 또 기승자마다 다른 부조 스타일이 만들어질 수 있습니다. 부조는 기승자와 말 사이의 커뮤니케이션 수단이기 때문에 자신의 말과 가장 잘 통하는 부조를 사용하는 것이 좋습니다. 또한 최소한의 힘과 동작일수록 원활한 커뮤니케이션이 가능합니다. 말을 최상의 상태로 만드는 것은 부조를 얼마나 잘 사용하느냐에 달렸습니다. 부조는 원하는 것을 말에게 직접 이야기하는 것인데, 혼란스럽지 않은 방법으로 정확하게 지시해야 합니다. 한꺼번에 많은 신호를 보내 말을 헷갈리게 하거나, 끊임없이 들들 볶아대면 말은 어느 순간 기승자를 무시하고 아예 반응을 보이지 않거나 반항할 수도 있습니다. 한 예로 제가 탔던 '스파이스'는 제가 부조를 잘못 주면 바로 날뛰는 아주 고약한 녀석이었습니다. 여담이지만 동물은 자기보다 우스워 보이면 무시하는 경우가 많습니다. 부조 하나 제대로 못 준다고 무시당할 수도 있다는 것입니다. 그럼 조금 더 알아볼까요?

• 음성

말은 살아있는 생명체이기 때문에 사람과 비슷하게 대하면 됩니다. 보통 말에게 칭찬할 때는 "워워, 잘했어"라고 하며 침착하고 부드러운 음성으로 사람에게 말하듯 합니다. 반대로 벌을 줄 때는 크고 짧은 음성으로 호통치듯이 말해야 합니다. 그러면 말도 칭찬과 벌을 구분하게 됩니다. 단, 둘 다 확실하게 해야 합니다. 예를 들어 벌을 줄 때 부드럽게 말하면 헷갈리게 됩니다. 말을 습관화시킬 때는 기승자의 일관된 행동이 가장 중요합니다. 말이 아니라 아이를 훈육하는 데 활용해도 될 것 같습니다.

• 박차

초보자는 말을 놀라게 할 수 있어 박차를 되도록 사용하지 않도록 하고, 일정 단계에 오른 기승자는 다리 부조의 효과를 높이기 위해 사용합니다. 하지만 자주 사용하게 되면 말의 반응이 박차에 무뎌집니다. 또한 기승자가 박차에만 의지하게 돼 이것이 없을 경우 말을 컨트롤하기 힘들어지고, 뒤꿈치에만 신경을 쓰다 보면 종아리는 안 붙는 반면 도리어 뒤꿈치가 붙어 다리가 벌어지기 쉽습니다.

• 채찍

채찍은 말을 활발하게 하거나 긴장하게 할 때 또는 교육할 때도 사용됩니다. 물론, 벌을 줄 때도 사용되긴 하지만 자주 사용하지 않는 것이 바람직합니다. 제가 탔던 ‘오노라’와 ‘쿠커’는 정말 무거운 말이었기 때문에, 구보를 하기 위해서는 채찍을 사용해야만 했습니다. 초보자용 말로 구보를 하지 않는 것이 습관이 된 탓도 있고 채찍에 무딘 탓에 게으른 말이 됐을 수도 있습니다. 녀석들이 웬만한 박차로도 움직이지 않을 땐 채찍으로 엉덩이를 살짝 때리면 운동에 도움이 됐습니다. 하지만 동작을 크게 하거나 갑자기 세게 칠 경우에는 말이 깜짝 놀랄 수도 있으니 주의를 기울여야 합니다.

성깔 5종 세트

'공포성, 군집성, 귀소성, 사회성, 모방성.'

이는 말의 습성을 나열한 것입니다. 인간으로 치면

누구나 가지고 있는 보편적인 습성입니다. 어느 승마 책에나 나와 있는 말의 특징들입니다. 이런 특징을 외워두면 관련 시험에도 많이 나오고 여러분이 말에 대해 아는 티를 내고 싶을 때 많은 도움이 되리라고 생각됩니다. 처음에 말의 이 같은 습성을 책으로 접했을 때는 '아 그런 게 있는가 보다' 했는데 지금은 온몸으로 체득하고 있습니다. 뭐 이런 것까지 경험하고 싶진 않은데 자의 반, 타의 반으로 이런 습성들을 이해하게 됩니다.

우선 공포성을 말하자면, 말은 예민하고 겁이 많아 약간의 소란이나 작은 소리에도 잘 놀랍니다. 이런 습성 때문에 저는 말에서 떨어진 경험이 많습니다. 이 공포성은 모든 말이 나 갖고 있고, 놀라는 빈도의 차이와 훈련을 통해 무뎌진 정도의 차이가 있을 뿐입니다. 즉, 말의 종류에 따라 차이도 있고 어느 정도 훈련을 통해 개선이 가능하긴 하지만 완벽하지 않습니다. 중요한 것은 기승자가 이러한 습성을 숙지하고, 말이 갑자기 놀란 모습을 보였을 때 말 위에서 당황하지 말고 침착하게 대처해 나가는 것입니다. 이런 상황에 위에 앉아 있는 사람도 같이 놀라 버리면 걷잡을 수 없는 상황을 만들게 됩니다. 예전에 의도치 않게 박차로 말의 복부를 찬 적이 있었는데 이러한 행동은 말을 더 날뛰게 했습니다. 그 이후는 여러분의 상상에 맡기도록 하겠습니다.

군집성은 말이 외로움을 잘 타서 무리 생활에 익숙하고, 특히 리더의 말을 잘 듣는 습성을 말합니다. 이러한 특징은 수업에 활용하면 좋습니다. 예를 들어 강습할 때 교관님이나 가장 잘 타는 사람 한 명이 좋은 말을 타고 선두에 섭니다. 그리고 나머지 초보 강습생들이 이를 따라 평보, 속보 등의 연습을 하면 뒤의 말들은 선두 말의 발걸음에 맞춰 따라갑니다. 이런 식으로 훈련하면 혼자 탈 때보다 발걸음별 승마를 재미있게 경험할 수 있고, 말이 튀거나 다른 방향으로 진행할 가능성도 줄어듭니다. 또한 군집성을 활용해 많은 말들이 일렬로 행진하거나 한꺼번에 제자리를 도는 등의 단체 군무를 보여줄 수도 있습니다. 실제로 해외에 유명한 'Horse Show'를 보면 이런 군무가 장관을 연출합니다.

저는 말의 귀소성 때문에 당황한 적이 한두 번이 아닙니다. 어떤 말은 실내마장의 궤적을 따라 도는 도중 출입구가 나타나면 그쪽으로 고개를 홱 돌리고 나가려고 합니다. 갑자기 집에 가고 싶어지는 모양입니다. 출입구 가까이에서 유난히 말의 귀소성이 고개를 드는데, 초보자들은 이유도 모른 채 당황하게 되고 심할 경우 낙마하기도 합니다. 말은 날뛰다가도 본능적으로 자기 집을 찾아 들어갑니다. 말을 끌고 마방으로 가는 중에도 자신의 마방이 다가오면 발걸음이 빨라지곤 합니다. 어떻게 자기 집은 그렇게 잘 아는지 그저 신기할 따름입니다.

말에게도 서로 의사소통을 할 수 있는 그들만의 언어가 있습니다. 또 말끼리 모여 있으면 그들 사이에 서열이 생기고 사회를 형성하는 특징이 있습니다. 바로 사회성입니다. 그래서 마장에 여러 마리 말을 넣어두지 않습니다. 서로 간의 영역이 침범되면 왕따가 생길 수도 있기 때문입니다. 사람도 말의 언어를 알아들을 수 있다면 더욱 쉽게 승마를 하거나 오해도 풀 수 있을 텐데, 모르니 추측할 수밖에 없습니다.

마지막으로 다른 말들의 행동이나 습성을 배우는 모방성이 있습니다. 기승자가 정말 주의해야 할 습성입니다. 좋은 말이 잘못된 습관으로 인해 '악벽마'(나쁜 습관을 지닌 말)로 바뀔 수 있기 때문입니다. 한 예로 수장을 할 때 말들을 일렬로 세워놓은 경우, 옆 칸의 말이 뒷발을 차면 내 말도 똑같이 따라 하는 경우가 있습니다. 이런 것들을 모방이라고 하는데 습관으로 만들면 안 됩니다. 세 살 버릇 여든까지 간다고 했습니다. 말도 한번 나쁜 습관이 생기면 그것을 고치기 위해서는 피나는 노력을 해야 합니다. 이러한 말의 습성을 이해하면 간혹 생길 수 있는 오해를 줄이고 이해심을 기를 수 있습니다.

개성파

말들은 겉으로 비슷하게 생겼을지라도 타보면 습성이 다 다릅니다. 이 세상에 같은 말은 하나도 없을 정도로 개성이 강하고 제각각입니다. 단 말의 몇 가지 특징을 범주화해 볼 수는 있습니다. 다음은 제가 탔던 말들의 개성을 범주화한 것입니다.

• 무거운 말

제가 탔던 말 중 초보 때 탔던 말들은 대부분 무거웠습니다. 말이 '무겁다'라는 의미는 웬만한 강한 자극을 주지 않으면 쉽게 움직이지 않는다는 것입니다. 초보자들이 타는 말은 너무 예민해도 문제가 되지만, 아예 움직이지 않는 것 역시 문제가 될 수 있습니다. 이런 말들은 이전에 탔던 사람들이 고삐를 무차별적으로 당겨서 말 입이 재갈에 아예 무뎌진 경우가 대부분인데, 이런 상태가 지속되면 말이 기승자의 명령에 꿈쩍도 안 하게 될 수 있습니다. 이런 말들은 더 망가지기 전에 교관님들이 박차를 강하게 가하거나 약하게 가하기도 해서 자극을 줍니다. 동시에 고삐를 풀어줬다 조였다 하며 재갈 감각을 되찾게 하는 훈련을 하기도 합니다. 그래도 안 되면 복대 바로 뒤를 채찍으로 짧게 때려 교정하는 경우도 있습니다. 하지만 한번 젖어버린 습관은 쉽게 고쳐지지 않기 때문에 여러분이 초보일 때는 말을 함부로 다루면 안 됩니다.

• 겁이 많은 말

제가 탔던 말 중에 '체스터', '로디'가 겁이 많았습니다. 맞은편에서 말이 다가오거나, 주변에서 바스락거리는 소리만 들려도 깜짝 놀라며 날뛰었던 기억이 생생합니다. 이럴 때 기승자는 침착하게 다리로 압박하면서 말이 놀란 물체 앞을 무시하고 통과하도록 해야 하며 연습을 아주 많이 해야 합니다. 하지만 말이 놀랐더라도 아무 일 없던 것처럼 가던 길을 계속 가야 한다는 것이 초보자가 처음 경험하기엔 쉽지 않습니다. 만약 진정시킬 여유가 생기면 말이 놀랐던 주변을 자주 통과해 보고, 무사히 통과했을 경우 칭찬을 해주며 학습시키는 게 비법입니다. 그러면 조금씩 나아질 겁니다.

하지만 숨어 있던 나쁜 버릇이 어느 순간 나올 때가 있으니 주의해야 합니다. 몇 번 성공했다고 해서 완벽하게 고쳐진 것은 아니니 방심하지 말아야 합니다.

• 껑충껑충 '산양 뜀'을 하는 말

경주마가 산양처럼 껑충껑충 뛰는 것을 본 적이 있습니다. 당시 말은 머리를 낮추고 등을 굽혀 기승자를 떨어뜨리려고 했습니다. 위에 타고 있던 말을 훈련시키는 조교자는 고삐를 뒤로 세게 당겨 말의 머리를 올리고 전진하게끔 했습니다. 그 후 말에서 내려 긴장이 풀릴 때까지 조마삭 운동을 시켰습니다. 옆에서 보는데도 그런 말을 보면 간담이 서늘합니다.

• 앞발 드는 말

운동하다 갑자기 정지했을 때 말이 앞발을 들 수 있는데, 이때도 전방 추진이 필요합니다. 말의 낌새가 이상하면 무조건 앞으로 추진을 줘야 합니다. 말은 직진에 대한 욕구가 강하기 때문에 앞으로 가게만 해 준다면, 앞발을 들 여유가 없어집니다. 그래도 만약 말이 갑자기 기립했을 경우 기승자는 곧바로 갈기를 잡거나 목에 매달리는 것이 최우선입니다. 말이 제자리로 돌아오면 갈기 또는 목을 놓아주고 추진을 줘 앞으로 나가도록 합니다.

• 흥분해 날뛰는 말

말이 흥분해 질주해 버리면 대책이 없습니다. 저도 처음에 이런 경험을 했고, 제 생각에는 대부분의 초보자가 고삐를 강하게 끌어당길 때 이런 상황이 발생하는 것 같습니다. 급선무는 침착하게 작은 원을 만들어 속도를 줄이는 것입니다. 말의 안쪽 고삐를 당겨 커다란 원을 만들다가 작은 원을 만드는 운동으로 유도해 중심에서 멈추도록 해야 하는 게 요령입니다.

등산하기

길에는 평지만 있는 것이 아닙니다. 간혹가다 오르막도 있고 내리막도 있을 수 있습니다. 물론 저 혼자라면 묵묵히 앞으로 걸어가기만 하면 되지만 말과 함께라면 약간의 요령이 필요합니다. 제가 '돈카타니'라는 말을 타고 외승(산이나 들처럼 펜스가 없는 마장 밖에서 말을 타는 것)을 처음 경험할 때였습니다. '돈카타니'는 순하디순한 녀석이어서 외승처럼 마장 밖에서도 쉽게 마음이 흔들리지 않는 멋진 녀석입니다. 솔직히 저는 평소엔 마장에서만 탔기 때문에 비탈길이나 내리막에 대한 경험이 없었습니다. 그래도 이 녀석에게 어느 날 꽃도 보여주고 나무도 보여주고 싶어서 산을 오르기로 했습니다. 그런데 오르막을 오르려는데 갑자기 '돈카타니'의 말머리가 제 코앞에 있는 것이 아니겠습니까? 깜짝 놀랐지요. 나를 데리고 가는 '돈카타니'도 제가 당황하니 올라가다 마네요. 별거 아니라고 생각했는데 경험해 보신 분은 공감하실 겁니다. 지형에 의해 앞다리의 위치가 높아지니 말머리가 제 눈앞에 갑자기 나타나네요. 여러분도 저처럼 놀라시지 않게 외

승이나 산을 오르내릴 경우를 대비해서 요령을 알아보면 다음과 같습니다.

언덕을 오를 때는 체중을 등자에만 의지하는 것은 오히려 불안합니다. 말이 뒤로 빠질 수 있기 때문입니다. 자연스럽게 올라가기 위해서는 나의 상체를 말의 목 쪽으로 기울여 올라가는 방향으로 나의 무게중심이 쏠리도록 해 줍니다. 갑자기 말의 두상이 올라가고 후구가 낮아지더라도 편히 올라갈 수 있습니다. 만약 오르막을 올라갈 때 기승자가 안장의 뒷부분에 겨우 걸터앉아 있다면 뒤로 미끄러져 고삐에 매달릴 수도 있으니 안장 앞으로 깊숙이 앉아 있어야 합니다. 이렇게 잘 앉아 있으면 말의 뒷다리가 움직이는 것을 방해해 말을 불편하게 만드는 것을 줄일 수 있습니다.

반대로 내리막길을 내려갈 때 말이 갑자기 낮아지면 꽤 당황스럽습니다. 이럴 땐 기승자의 체중이 등자에 실려야 말이 편해합니다. 그리고 기승자는 등자에 몸을 싣고 내리막의 기울기만큼 상체를 뒤로 젖혀주는 게 요령입니다. 만약 내리막인데 기승자까지 상체를 앞으로 숙이면 말의 뒷다리 움직임을 방해하면서 나의 체중까지 앞으로 쏠려 말에게 부담을 주고 위험할 수 있습니다. 또한 내리막길에서 무의식적으로 고삐를 잡아당길 경우 말이 가야 할 곳을 보지 못할 수도 있으니 주의하도록 합니다.

이것만 기억하세요. "안장에 잘 앉아서 올라갈 땐 상체를 앞으로 수그리고 내려갈 땐 뒤로 제치기."

슬기로운 옵션 사용법

드로우 레인*은 말의 굴요를 돕고 고삐를 컨트롤하는 데 도움을 주는 보조 장치입니다. 자동차로 치면 운전을 돕는 옵션이라고 생각하면 쉽습니다. 제 경험에 따른 사용기준은 고삐를 짧게 잡고 드로우 레인을 고삐보다 딱 3cm 정도 늘려 잡으면 더욱 섬세한 제어가 가능한 것 같습니다. 단, 드로우 레인은 정말 주의해서 사용해야 합니다. 고삐보다 재갈에 가하는 압력이 크기 때문에 약한 힘으로도 말에게 큰 고통을 줄 수 있습니다. 예전에 무심코 고삐를 당기는 바람에 드로우 레인을 착용한 말이 뒤집어진 경우를 본 적이 있습니다. 정말 조심해야 합니다. 그래서 초보자는 드로우 레인 대신 마르팅 게일**을 착용해 말이 지나치게 머리를 드는 것을 방지합니다. 주먹의 강도에 대해 어느 정도 이해한 단계라면 고삐는 짧게 잡고, 드로우 레인은 신중히 고삐보다 살짝 길게 잡아야 하는 걸로 정리하시면 좋을 듯합니다. 고삐가 주가 돼야지, 드로우 레인이 주

* 드로우 레인(Drew-Rein) : 말을 굴요 시키거나, 말의 머리를 인위적으로 잡기 위한 보조도구

** 마르팅 게일(Martingale) : 말이 머리를 갑자기 드는 상황을 막기 위한 보조도구

가 되면 절대 안 됩니다. 드로우 레인은 옵션일 뿐입니다. 그래도 고삐와 드로우 레인을 얼마나 잘 사용하느냐에 따라 말은 트럭에서 스포츠카로 변신할 수 있습니다. 잘만 사용한다면 거칠고 투박한 '승마감'이 아닌 섬세한 '승마감'을 느낄 수 있을 것입니다.

답보 변환

답보 변환은 말이 구보를 하는 도중 공중에서 발을 바꾸는 동작을 말합니다. 마치 군대에서 훈련하는 '다리 바꿔 가' 동작처럼 한 번 뛴 다음 공중에서 다리를 바꾸는 것과 유사합니다. 제가 생각하기에 이 기술은 고급 기술 중 하나인 것 같습니다. 할 줄 아는 말이 얼마 안 되기 때문입니다. 처음에는 구보로 가다가 교차점에서 속도를 줄여 속보로 몇 발자국 진행한 후 방향을 살짝 바꿔 다시 구보로 가는 심플 체인지(Simple Change)부터 연습합니다. 여기서 속보로 가는 구간이 짧아질수록 답보 변환 기술이 되는 것입니다. 즉, 처음엔 걷다가 다리 바꾸기를 하였지만 나중엔 점프하면서 다리 바꾸기가 가능해집니다. 말로는 쉬워 보이지만 기승자와 말의 실력이 요구되는 기술입니다. 대부분의 기승자는 답보 변환을 무리하게 시도하다 부정확한 기술로 말을 혼란에 빠지게 합니다. 부정확한 부조는 말의 균형을 잃게 하고 기술을 시도하기도 전에 말을 허둥지둥하게 만들어 버립니다. 대체로 몇 걸음 나아가다 급한 마음에 억지로 방향을 바꿔 후다닥 발진

하는 경우가 허다합니다. 저 또한 앞사람이 답보 변환으로 방향을 바꾸면 그 박자에 맞추기 위해 억지로 시도하다 말을 혼란스럽게 만든 경우가 많았습니다. 그래서 교관님들은 반드시 발을 바꾸기 전에 예비 동작으로 말에게 알려줘야 한다고 합니다. 한 예로 기승자는 자신이 가려는 방향을 결정한 뒤 시선 처리를 하고 고삐를 가고자 하는 방향으로 살짝 당기는 동시에 말의 몸을 부드럽게 구부리게 합니다. 훈련이 잘된 말이라면 그 방향으로 갈 것이라는 사실을 곧 알아차립니다. 시선 처리로 인해 고개만 돌아가도 어깨와 골반이 같이 살짝 돌아가서 무게중심이 그쪽으로 향하게 됩니다. 방향을 제시한 후에는 고삐를 살짝살짝 당겨 가고자 하는 방향을 알려주는 것이 중요합니다. 이는 답보 변환의 준비 단계입니다. 그리고 반대 구보 부조를 주면 말이 알아듣고 다리를 바꾸게 됩니다. 보통 잘 안되서 답보 변환 이전에 심플 체인지를 많이 연습하는데, 일단 일직선으로 가다 말의 다리를 바꾼 뒤 방향을 바꾸는 경우에는 말이 혼란스러워하지 않기 때문입니다. 저 또한 처음에 이 방법을 몰라 구보로 가다가 갑자기 방향을 확 틀어서 다리를 바꾸었는데, 이렇게 하면 말이 허둥대기도 하고 다리에 무리가 올 수 있습니다. 또

악벽이 생길 수도 있으니 주의해야 합니다. 사실 이렇게 억지로 하면 말이 불편해서 스스로 다리를 바꾸는 경우가 대부분입니다.

답보 변환에서는 다리 부조, 말머리 방향, 고삐의 방향 제시, 시선, 구보의 추진, 반대쪽의 막아주는 발을 동시다발적으로 구사하기 위해 노력해야 합니다. 수동 자동차로 코너를 돌 때, 액셀과 브레이크를 동시에 밟고 핸들을 꺾고 눈으로는 코너의 방향을 쳐다보면서 기어도 넣는 것처럼 해야 하는 것입니다. 답보 변환을 비롯한 다양한 고급 기술은 책에 아주 쉽게 쓰여 있습니다. 하지만 실전에서 사용해 보면 현실과 이상은 다르다는 것을 깨닫게 됩니다.

예전에 '크로스파이어'라는 말을 우연히 타게 되었습니다. '크로스파이어'를 간단히 소개하자면 특이한 악벽이 없고, 답보 변환도 할 줄 알아 이 기술을 연습할 수 있는 말입니다. 마장에 오자마자 평보를 하면서 몸으로 마장을 익힙니다. 예전에 몇 번 타봤던 말이긴 하지만 오랜만이라 서로의 스타일을 파악하는 시간을 갖습니다. 처음엔 말의 부담을 줄이고 갈 수 있는 경속보로 가본 후 온몸으로 반동을 받는 좌속보를 해 봅니다. 답보 변환이라는 기술을 연습하기 위해 수축과 이완을 통해 말의 집중력을 높여줍니다. 코너를 활용해 진입 시 고삐를 더욱 팽팽하게 하고 추진을 줘서 말이 수축되게 하다가 다시 코너가 끝나는 곳에서 더욱 더 세게 다리로 배를 눌러줍니다. 그리고 팽팽한 고삐를 살짝 늘이면 용수철 튀듯이 말이 튀어 나가면서 발걸음이 좋아집니다. 이제 답보 변환을 해봅니다. 성공률은 10% 정도인데 아직 다리가 약해서인지, 풀어주는 타이밍이 틀려서인지는 모르겠지만 쉽지 않습니다. 어쩌다가 원의 교차점에서 직선으로 가다가 반대 구보 부조를 취하고 무게중심만 약간 반대쪽으로 바꿔 주면 '따닥' 하고 공중에서 스스로 발을 바꿉니다. 말도 귀를 앞으로 쫑긋 세웁니다. 저에게 집중하고 있다는 이야기입니다. 10번 정도 시도하니 말이 아주 부드러워지고 발걸음도 경쾌해집니다.

체중을 아래로 깊숙이 앉는 것

오늘도 무지 춥습니다. 얼마나 추운지 온몸이 덜덜 떨립니다. 그래서 승마복 위에 롱챕을 착용했습니다. 롱챕은 가죽 바지로 훨씬 따뜻함을 유지해 줍니다. 승마용 롱챕은 몸에 딱 맞는 것이 중요하기 때문에 대부분 전문 장인에게 맞춥니다. 수제품이고 가죽이기에 비싸다는 게 함정입니다. 너무 추운 이번 겨울, 큰맘 먹고 맞추지는 못하고 기성품으로 하나 장만했습니다. 그런데 아직 길이 안 들어서인지 아니면 두꺼운 가죽이라 그런지 다리가 잘 안 구부려집니다. 불편하기 짝이 없네요. 그래서 오늘은 등자에서 발을 빼고 연습하기로 했습니다. 등자에 억지로 구겨져 있던 발을 이탈시키니, 다리가 쭉 펴지면서 중력에 의해 깊숙이 앉게 됩니다. 거울로 봤을 때 넓적다리 부분이 거의 일자로 펴졌는데, 발을 약간 뒤로 빼니 정말 멋진 자세가 완성된 것 같습니다. 이것이 바로 "체중을 아래로 깊숙이 앉는 것"의 표준 자세라고 교관님이 옆에서 말해 주네요. 교관님들이 항상 강조했던 '푹 앉는다'라는 것의 의미를 조금이나마 이해하게 됐습니다. 보통 경속보를 할 때 등자에 힘을 줘 밟고 일어서는 경우가 대부분입니다. 그 동안은 등자에 방해를 받아 깊게 못 앉았던 것이 문제였네요. 하지만 지금은 엉덩이가 안장에 달라붙어 있고 허벅다리가 거의 일자로 내려가 있습니다. 두껍고 길들지 않은 가죽 바지로 인해 인위적으로 자세를 잡은 것이지만 이 느낌을 기억하고 등자를 살짝 밟는 연습을 해야겠습니다. 오늘은 구보나 속보를 하면 할수록 등자에 방해받지 않고 안장에 더욱 깊숙이 앉는 느낌입니다. 또한 하체가 쫙 펴지니 말에 밀착되는 부위가 증가하고, 상대적으로 상체는 더욱 자유로워집니다. 허리를 펴기 쉽고 시선도 멀리 둘 수 있고 어깨와 손목도 가볍게 풀 수 있는 여유가 생깁니다.

하지만 등자에 발가락만 살짝 걸어 뒤꿈치를 억지로 내리려고 하니 자연스레 다리에 힘이 들어가는 게 함정이네요. 좌속보까지 하니 다리에 힘이 더 가해져 아까의 멋진 자세는 사라지고 느낌도 안 옵니다. 그 느낌을 재현하고 싶어 다시 등자를 빼고 구보를 하니 내 체중에 의해 몸이 깊숙이 밀착됩니다. 어떻게 된 일인지 모르겠습니다. 아무튼 우연이지만 오늘 느낀 이 느낌을 오래 기억하고 싶습니다. 다음에 탈 때도 등자를 뺀 채 구보와 속보를 많이 연습해 봐야겠습니다.

*

등자쇠에 발을 걸칠 땐 발가락을 살짝 걸쳐야 합니다.

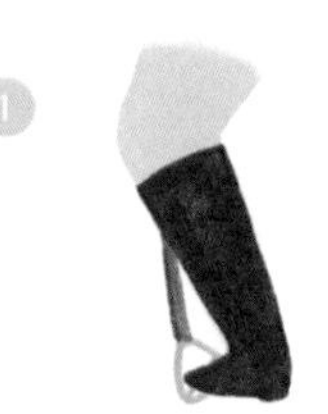

너무 깊거나 등자 끝에 밟으면 위기 상황에 발이 안 빠지거나, 반동 시 발이 쉽게 빠져 버릴 수 있습니다.

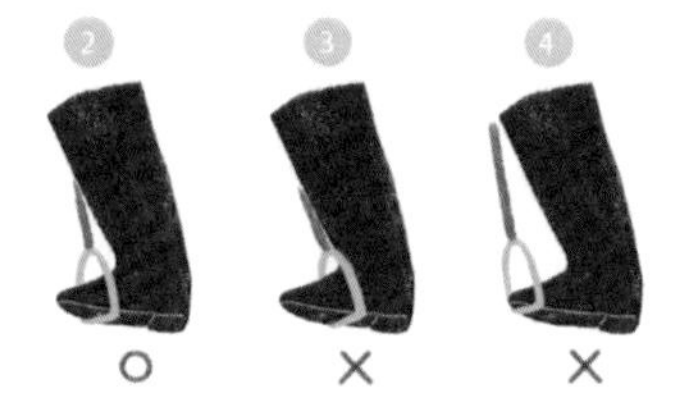

그리고 등자끈이 긴 가죽으로 되어 있어 등자쇠에 정신없이 발을 걸치다 보면 가죽끈이 꼬이기 쉽습니다.

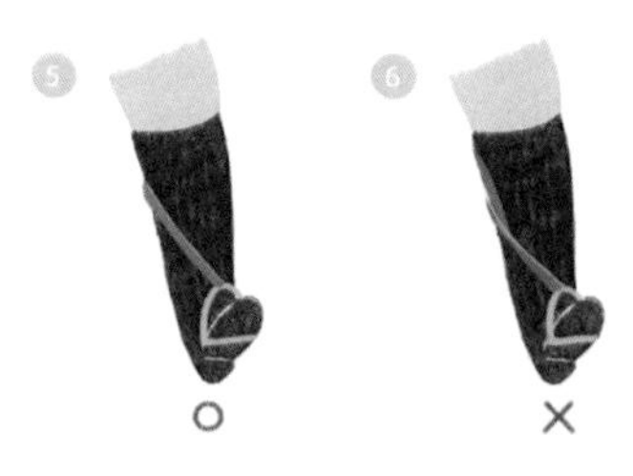

공람마술의 이해

공람마술은 두 마리 이상의 말들이 특정 기술을 약속된 형태에 맞추어 연습하는 것을 말합니다. 보통 마

상쇼나 군대의 제식훈련처럼 특정한 행사에 많이 활용됩니다. 같이 운동하는 사람들끼리 단체로 원운동을 하면서 말 사이의 간격을 늘리기도 하고 줄이기도 하며 크고 작은 원을 그리면서 시작합니다. 위에서 본다면 막 꽃이 피는 순간입니다. 드론이라도 있으면 찍고 싶습니다. 보통 추운 겨우내 실내마장에서 공람마술 형태로 연습하곤 합니다. 특히 다른 기승자들을 통해나 자신을 되돌아볼 기회가 됩니다. 사람들을 따라다니다 보면 나와 말의 결점을 발견하기가 쉽습니다. 단 내 앞에는 나보다 실력이 좋은 기승자가 있어야 합니다. 그를 통해 양쪽에 잡은 고삐의 힘, 기좌, 다리 등의 밸런스를 비교할 수 있고 내 버릇이 말에게 어떤 영향을 미치는지도 알 수 있습니다. 또한 마장 전체를 보는 눈을 기르는 연습을 할 수 있고, 좁은 공간에서 궤적을 그리는 운동이나 다음 코스를 염두에 두고 미리 준비하는 연습 등 외부 마장에서 경험할 수 없는 훈련을 할 수도 있습니다. 남과 속도를 맞추면서 운동한다는 것은 자신의 운동 능력을 극대화할 수 있는 방법 중 하나입니다.

• 종렬마술의 이해 – 따라올 테면 따라와 봐!

장소는 실내마장이고, 오늘의 목표는 선배 따라다니기입니다.

"선배, 저 오늘 선배만 따라다닐 겁니다. 한 수 가르쳐 주세요."

"따라올 테면 따라와 봐! 단 너와 나 사이는 1 마신이야. 말 한 마리 들어갈 정도의 간격을 반드시 유지하도록."

"네!"

"그럼 간다."

우선 평보로 간격을 맞춘 후 좌속보로 실내마장의 외곽을 따라 돕니다. 말은 옆에 벽이 있을 경우 안정적으로 잘 도는 특징이 있습니다. 기댈 곳이 있어 안정감을 느끼는 것 같습니다. 아직은 따라갈 만합니다. 같은 좌속보이지만 선배 말이 더 빠릅니다. 박차를 가하되 고삐를 살짝 더 당김으로써 갑자기 구보로 나가는 걸 방지하면서 따라가 봅니다. 빠른 발걸음으로 쫓아가야 하는데, 쉽지 않습니다. 갑자기 선배가 경속보로 바꿉니다. 저는 코너에서 자꾸 선배 말의 궤적에서 벗어나게 되네요. 속도가 떨어지거나 반대로 갑자기 빨라져 궤적 옆으로 비뚤어져 나가게 됩니다. 이제는 선배가 코너에서 대각선으로 돌아 실내마장 반대쪽으로 전진합니다. 이런 예상치 못한 움직임에 저의 궤적이 망가집니다. 갑자기 속도를 줄이는 선배의 말 엉덩이에 내 말머리가 부딪힐 뻔했습니다. 놀란 것도 잠시, 녀석의 발걸음이 다시 활발해집니다. 그러더니 구보를 합니다. 한 바퀴 돌다가 나는 더 이상 좇아가지 못해 마장을 가로질러 간신히 따라붙습니다. 이젠 발걸음을 바꿔 반대쪽으로 돕니다. S자형, O자형, 작은 원, 큰 원, 느린 속도, 빠른 속도, 따라가기에 정신이 없습니다. 말을 관찰하니 저와는 달리 순간순간 바뀌는 이행 운동에 집중하고 있습니다. 앞서가던 선배의 외침이 메아리처럼 퍼집니다.

“이렇게 못 쫓아오면 공람마술 못 한다. 무조건 1마신만 생각하고 속도가 빠르면 빨리 따라붙고, 느리면 느리게 해야지. 코너 돌 때도 속도 조절 못하면 안쪽이나 바깥쪽으로 따라 돌아서 무조건 따라붙어야 해. 어제처럼 혼자 말이 가는 대로 흐느적흐느적 타면 말에게 제압당해.”

궤적을 상대적으로 늘리거나 줄이는 융통성과 빠른 적응력, 적절한 반응이 필요한 것 같습니다. 남 따라다니는 게 이렇게 어려울 줄은 생각도 못 했습니다.

*

개인적으로 공람마술처럼 여러 말들이 일렬로 갈 때는 두 번째 자리가 가장 좋은 자리라고 느껴집니다. 이유는 앞사람의 뒤통수를 쳐다보면 시선은 자연스럽게 멀어지고 시야는 넓어지면서 허리도 쭉 펴지게 됩니다. 즉, 자세 잡기에 좋고, 앞사람의 다리 모양을 관찰하기에도 좋습니다. 보통 선두에 가는 사람은 실력이 좋은 사람입니다. 잘 타는 사람이 리드해야 전체적인 흐름을 통제하기 좋기 때문입니다. 반면에 그 뒷사람에게는 잘 타는 사람을 관찰할 좋은 기회입니다.

• 공람마술의 이해 – [illegible] 흐름을 깨지 말 것

실내에서 많은 말들이 '공존'하면서 타는 방법은 공람마술 외에는 없는 것 같습니다. 좁은 공간에서 군인들이 제식훈련을 하려면 줄과 발걸음을 맞추는 것처럼 말입니다. 영하 9℃인 오늘 아침에는 실내마장이 13마리의 말들로 가득 찼습니다. 저마다 하고자 하는 다양한 운동을 하며 제각각의 방향으로 움직입니다. 그러다 보니 결국 서로를 방해하게 되고 흐름이 끊깁니다. 진행하다가 앞에서 말이 튀어나오면 갑자기 멈추고 방

향도 바꿔야 하니 기승자들의 흐름이 깨지는 것은 당연합니다. 저는 오자마자 평보만 두어 바퀴 돌고 선배 뒤에 붙었습니다. 경속보로 간격을 유지하면서 다리를 조이고 멀리 천장을 바라보며 허리를 꼿꼿이 펴봅니다. 코너에서 약간 뒤처지긴 하지만, 그때마다 다리로 더 조여 속도를 내며 1마신의 간격을 유지하기 위해 노력해 봅니다. 오늘은 사람들이 많아서 그런지 매끄럽게 진행되지 않습니다. 원을 돌 때 끄트머리에 있던 말과 내 앞에 가던 선두가 겹쳐집니다. 그러면 흐름이 끊기고 말도 놀라기 쉽습니다. 초식동물인 말은 초원에서 잡아먹히지 않기 위해 주위를 살피는 본능이 있습니다. 여차하면 도망가야 하기 때문입니다. 제 말은 아직까지 이 본능을 가진 것 같습니다. 제 말의 예민함 때문에 공람마술과 같은 단체 행동할 때 흐름이 깨지기 일쑤입니다. 누가 바스락거리며 과자 봉지 뜯는 소리를 내거나, 앞에 작은 고양이 한 마리가 지나가도 경계 태세를 취합니다. 귀가 앞으로 착 접히거나 고개를 들어버리는 것입니다. 이런 경우에도 기승자는 하던 운동을 계속 시켜야 하지만 같이 긴장하는 경우가 대부분입니다. 그래서 가던 길을 멈추고 말의 예민함을 추슬러야 합니다. 오늘도 몇 번 하다가 대열에서 떨어져 나왔습니다. 이때는 다른 말을 방해하지 않기 위해 즉시 중앙으로 방향을 틀어 빠져나가야 합니다. 그래야 뒤따라오던 기승자가 내 앞의 말을 그대로 쫓아갈 수 있기 때문입니다. 아무튼 운동은 대충 마무리 지었지만 대각선, 원, 좌향좌, 우향우, 반원 등을 자유자재로 그리지 못해 아쉽습니다. 그래도 복작대는 실내 마장에서 이 정도면 괜찮은 성과라고 생각하며 마음을 달랬습니다.

• 공람마술의 이해 – 줄줄이 사탕!

오늘 공람마술을 하는 인원은 총 14명입니다. 너무 많지만 일사불란하게 움직입니다. 평보로 줄줄이 가 봅니다. 가다가 속보로, 경속보로 바꿔 돌다가 다시 평보로 돌아옵니다. 가장 중요한 것은 앞뒤의 간격을 1 마신으로 유지하기. 거리로 치면 약 1.5m입니다. 선두에서 “속보로 가”, “평보로 가”, “제자리에서 원운동”, “반원 그리고 직진”, “좌향좌”, “우향우”라고 소리치면 뒷사람들이 복창하면서 그대로 따라 합니다. 마치 기마대처럼. 하지만 단체 운동이다 보니 중간 혹은 마지막 지점에서 한두 마리가 뒤처지기 마련입니다. 그럼 잠깐 안쪽이나 바깥쪽으로 빠졌다가 맨 뒤로 다시 들어오거나, 한 바퀴를 돌고 다시 올 때까지 기다립니다. 앞서거니 뒤서거니를 반복하다 보면 큰 뱀처럼 움직이는 모습을 보입니다. 행렬은 직선으로 가기도 하고 코너를 돌기도 하고 원도 그리면서 마장 구석구석을 활보합니다. 선두와의 간격이 벌어지면 말에게 박차를 주며 재촉해 얼추 따라가면 되지만, 반대로 너무 가까워졌을 때는 어떻게 해야 할지 난감합니다. 만약 속보로 가는 도중 속도를 줄이기 위해 어깨를 뒤로하면 자연스레 고삐가 당겨져 말이 멈춰 섭니다. 옆에서 보던 교관님이 "어깨를 뒤로하고 고삐가 자연스럽게 당겨지게 해 속도는 줄이되 꼭 추진을 줘서 말을 앞으로 가게 재촉해야 한다"라고 말합니다. 이렇게 해야 시동이 꺼지지 않습니다. 옛날 수동 기어 자동차처럼 기어를 바꿀 때 액셀과 브레이크를 살짝살짝 밟아줘야 시동이 안 꺼지는 것처럼, 말이 멈추지 않도록 다리로 자극을 주는 것이 포인트입니다. 추진을 주되 어깨를 살짝 뒤로 젖혀 자연스럽게 고삐가 당겨지게 해 말이 수축하게 만드는 것입니다. 이렇게 50분가량 마장을 도니 땀이 납니다. 올겨울 최고의 한파인 오늘 처음 나왔을 때는 온몸이 덜덜 떨렸는데, 손가락이나 발가락이 얼 시간도 없이 움직인 덕분에 땀에 젖게 됐습니다. 단체 운동은 약간의 경쟁심을 자극하면서 기승자를 성장시키는 운동인 것 같습니다.

승마 교수법

말을 탄 지 세월이 꽤 흘렀습니다. 지금까지 정말 많은 분들이 저의 자세와 말을 타는 기술에 대해 가르침을 주셨습니다. 이제 저는 교관님들의 코칭 스타일을 크게 두 가지로 분류할 수 있게 됐습니다. 여러분에게 도움이 될 것 같아 이야기합니다.

첫 번째는 '원 포인트' 코칭 방식으로, 잘못된 자세나 동작을 콕 짚어 수정해 주는 방식입니다. 그리고 두 번째는 기승자 스스로 새로운 동작이나 시도를 하도록 유도하는 방식입니다. 이 두 가지 교수법의 차이점을 알아보겠습니다.

먼저 첫 번째 교수법은 제한된 시간에 최고의 효과를 낼 수 있는 방식인 것 같습니다. "고삐 더 당기세요", "허리 펴세요" 등 기승자의 잘못을 그때그때 바로 지적해 주는 특징이 있습니다. 제 경험상 저를 모니터링할 수 있는 최고의 방법인 것 같습니다. 제가 아무리 거울을 보며 연습하더라도 남이 봐주는 것만큼은 못하기 때문입니다. 단언컨대 승마에선 누군가 봐주는 것이 100배 더 효과적입니다. 하지만 스파르타식으로 변질되기 쉬워 단기 효과에 그치는 경우가 많습니다. 또한 강습자가 주입식 교육에 익숙해지면 스스로 승마를 즐기는 방법을 찾기 어려울 수도 있습니다. 또한 기승자가 슬럼프에 빠지기 쉽다는 점입니다. 짧은 기간 내에 잘못을 고치지 못하고 제자리걸음을 하고 있다고 여기면 기승자에게는 여유가 사라지고 재미도 없어질 수 있습니다.

두 번째는 새로운 동작을 기승자 스스로 시도하게 하는 방식입니다. "손목을 가볍게 하기 위해 무게 추를 한번 달아보죠", "구보도 다양한 속도로 한번 컨트롤해 볼까요?" 등으로 교관님들과 활발한 커뮤니케이션이 가능합니다. 기승자가 재미를 느낄 수 있게 하는 방식이기도 합니다. 이 방식은 시간적 여유가 있을 때 혹은 오랜 기간 교관님들과 소통하거나 말을 탈 기회가 많을 때 효과적입니다. 정말 즐겁게 탈 수 있고, 무엇보다 기승자가 숙제를 풀어나가는 재미가 쏠쏠합니다. 물론 단점도 있습니다. 기승자가 재미를 느낄 수도 있고 다양한 시도를 해볼 수 있지만 쉽게 지칠 수 있습니다. 기본기가 없으면 많은 시행착오를 겪기 때문입니다. 그리고 한정된 시간에 효과를 내기엔 불리할 수도 있습니다.

물론 둘 다 장단점이 있기 때문에 무엇이 더 우수한 코칭이라고 말할 수는 없습니다. 다만 이를 적절히 섞어 기승자와 교관이 교감한다면 더욱 즐겁고 재미있는 승마를 즐길 수 있을 것 같습니다. 시간이 많으면 두 번째, 적으면 첫 번째, 지루하면 두 번째, 효과적으로 하고 싶으면 첫 번째 등 자신에게 맞는 스타일을 찾는 것도 좋겠습니다. 다양한 스타일의 교관님들이 나에게 신경 써 주다 보니 이런저런 생각이 들어 정리해 봤습니다. 여러분도 한번 생각해 보시면 좋을 듯합니다.

제3장

말 그리고 말

예민쟁이 스위프트

'스위프트'는 2003년에 호주에서 태어난 거세마입니다. 장애물을 잘 넘어 시합에 자주 출전하던 말이었습니다. 무감점으로 여러 번 장애물 경기를 치르는 등 성적도 아주 우수하지만 잘 뛰는 대신 성격이 정말 까칠한 단점이 있습니다. 기승자가 자세를 못 잡거나 부조를 주는 것이 어색하면 무시하고 튀어버리는 등 성질이 아주 고약합니다. 이 세상에 완벽한 것은 없는 것 같습니다. 녀석과의 첫 만남은 그다지 좋지 않았습니다. 겨우내 제대로 된 운동을 하지 못해 그런지 '스위프트' 위에 올라탄 첫날에는 몇 번이나 떨어질 뻔했습니다. 마구의 딱딱한 가죽이 '스위프트'의 얼굴을 불편하게 했던 것 같고, 추위로 내 몸이 얼어 정확한 무게중심을 잡지 못한 것 또한 이유인 듯합니다.

오늘은 비가 와서 실내마장에서 타는데 문 사이로 빗방울이 튀고 바람도 붑니다. 아니나 다를까 '스위프트'가 불안해서 껑충거리고 까불기도 하는 탓에 말 위에 앉은 나는 안절부절못하고 있습니다. 보다 못한 교관님이 대신 '스위프트'에 올라타 줍니다. 그래도 처음에는 까불어 봅니다. 열려 있는 문 앞으로 갈 때마다 놀라는 모습을 보입니다. 하지만 노련한 교관님은 문 앞으로 계속 지나가면서 적응시키고, 놀라지 않을 때는 잊지 않고 칭찬을 해줬습니다. 그리고 원운동을 하면서, 놀라는 지점을 다시 지날 때 놀라지 않고 잘하면 칭찬을 반복했습니다. 예전에 교관님이 칭찬을 아끼지 말라고 했는데 실제로 보니 왜 그래야 하는지 확실히 알 것 같습니다. 한참 타고나니 말이 얌전해지고 원운동, 8자 운동을 기막히게 하기 시작했습니다. 교관님이 나에게 말을 넘겨주며 포인트를 알려줬습니다.

"제가 한 것은 발을 최대한 붙이고, 팔은 계속 낮게 유지하며 가만히 있었던 것뿐입니다. 제가 안정되니 말 또한 안정되너군요. 또 경속보를 할 때 등자에 너무 의지할 필요가 없습니다. 반동만 흡수해 줄 수 있을 정도로 허리를 펴고 엉덩이만 살짝 들어줍니다. 그리고 좌속보, 경속보에서 반동으로 인해 고삐의 재갈이 위아래로 움직여 예민한 말의 경우에는 고통을 느낄 수 있으니 주의해야 합니다. 마지막으로 잘하면 칭찬해 주셔야 합니다."

역시 기본을 말해줍니다. 기승자가 초반부터 긴장했기 때문에 기좌도 불안하고 고삐도 무의식적으로 세게 당겨 말이 불안했던 것이었습니다. 이를 파악한 교관님은 불안한 말에게 충격을 덜 주기 위해 기좌는 안정시키고 최대한 과하지 않은 동작으로 탔던 것이었습니다. '스위프트'는 장애물 대회까지 나갔던 말입니다. 다른 사람들은 이구동성으로 정말 좋은 말이라고 합니다. 저만 적응하지 못한다는 사실이 억울하네요. 제가 지레 겁을 먹어서인 것 같으니, 꼭 극복해야겠다고 다짐해 봅니다. 저를 무시하도록 내버려 두지는 않을 것입니다.

산양 뜀의 추억

호흡을 맞추고 있는 말. 알다가도 모를 녀석인 '로디'. 하지만 다른 사람들은 정말 좋은 말이라고 합니다. 그들은 정녕 모르는 것일까요? 이 녀석이 기승자를 우습게 보는 경향이 있어 조금만 틈을 보이면 일부러 튄다는 것을. 예전에 한 번 떨어진 적이 있는데 아픈 것보다 당황스러운 마음이 더 컸습니다. 그때 제가 떨어진 이유는 상체가 앞으로 쏠렸기 때문입니다. 다른 이유는 없었습니다.

교관님들이 잘 떨어지지 않는 까닭은 항상 상체를 꼿꼿이 세우고, 말이 튀려고 하면 추진을 줘서 앞으로 보내기 때문이라고 합니다. 아래 있는 말이 점프하든 날뛰든 마음대로 하게 놔두고, 기승자는 몸의 균형을 유지하면서 침착하게 가던 길을 가면 되는 게 요령입니다. 이런 침착한 행동은 수많은 시행착오 이후에 얻을 수 있는 게 초보자에겐 아쉬운 점입니다.

오늘은 '로디'가 잘 가긴 가는데 구보가 안되네요. 그래서 직진 코스에서 구보를 좀 해보자고 녀석에게 계속 자극을 줬습니다. 문제는 제가 욕심을 부려 말머리를 잡아 보겠다고 고삐를 당기는 데서 시작되었습니다. 처음에는 머리와 뒷다리가 안으로 들어와 몸 전체가 스프링처럼 압축이 되긴 하지만, 억지로 잡아당겼기 때문에 더 이상 참지 못한 녀석이 스프링 옆구리가 터진 것처럼 위로 튕겨버렸던 것입니다. 즉 '산양 뜀'을 했습니다. 다행히 떨어지지는 않았는데 앞으로 뛰는 게 아니라 제자리에서 위로 뛰니 그 점프력이 가히 대단했습니다. 옆에서 보던 회원들의 말들도 덩달아 놀랐습니다.

"말이 그런 건 당연해요. 고삐로는 못 가게 하고 박차로는 계속 가라고 하니 이건 구보도 속보도 아니고, 말도 이도 저도 못하게 하면 미치고 팔짝 뛰는 거죠. 차라리 아예 멈춰서 평보로 가든지 고삐를 살짝 놔주고 추진을 더 줘 구보를 하든지 해야 했어요.

교관님의 조언에 아차 싶었습니다. 사실 말이 너무 고통스러워하는 것 같아 부조를 조심조심 줬는데 이것이 도리어 말에게 혼란을 주었던 것입니다. 실력 있는 선수들이 타던 말이니 초보자인 내가 우습게 보일 만도 하고 이런 상황은 이해가 갑니다. 틈을 보이면 여차 없이 까부는 '로디', 제발 제 실력이 일취월장해서 하루라도 안 뛰었으면 좋겠습니다.

속도에 따른 기승술 차이

마장마술 장애물 경마

승마와 경마의 차이를 모르시는 분들이 많습니다. 우선 목적이 다릅니다. 승마에서는 기승자가 말을 어떻게 자신의 의도대로 컨트롤하느냐, 경마에서는 어떻게 하면 말을 빨리 달리게 하느냐가 가장 중요합니다. 이 때문에 경마는 가벼운 기수가 바람의 저항을 최소화하기 위해 최대한 자세를 낮추고 타는 것이 유리합니다. 하지만 승마의 경우는 말을 제어하고 몸의 균형을 유지할 수 있는 체격 조건과 근력이 필요합니다. 승마는 리듬과 자세, 경마는 속도로 정리하면 될 듯합니다. 기승술에도 큰 차이가 있습니다. 경마는 빠른 속도를 내기 위해 몽키 자세를 취하는 경우가 많습니다. 반드시 그런 건 아니지만 경마 기수들은 이 자세가 말을 빠르게 달리도록 하는 데 유리하다고 말합니다. 몽키 자세는 1894년 샌프란시스코의 베이네스트릭트 경마장에서 토트스론이라는 기수가 우연히 발견한 것으로 전해집니다. 말 목 위에 올라탄 원숭이의 모습과 비슷해서 이렇게 불리게 됐다고 하네요. 그도 이 자세를 일부러 시도했던 건 아니고 고삐 때문에 우연히 어설픈 자세가 됐는데 말이 더 자유롭게 큰 보폭으로 잘 달린다는 사실을 깨달은 겁니다. 이후 몽키 자세는 유행처럼 퍼져나가기 시작했습니다. 이에 반해 승마 기승술의 최고 기본은 허리를 꼿꼿이 펴야 한다는 겁니다. 종목에 따라 정도의 차이는 있겠지만 마장마술이나 장애물에서 말을 컨트롤하기에 유리한 자세는 허리를 펴는 것입니다. 보통 승마 자세의 정석은 귀·허리·발뒤꿈치에 가상의 선을 긋고 이에 맞추는 것이라 이야기합니다. 이게 기본이고 종목과 자신의 체형, 말의 형태나 습성 등에 따라 스타일은 바뀌기도 합니다. 예외도 있어서 모든 승마 기승술이 허리를 펴는 것만은 아닙니다. 장애물을 넘을 때 몸을 앞으로 기울여 주기도 하는데 이는 말에게 부담을 주지 않으면서 편안하게 넘기 위한 것으로 경마의 몽키 자세와는 기울기의 차이가 있습니다. 그렇지만 처음 배우는 단계에서는 기본을 확실히 하고 자기 몸과 지금 타고 있는 말에 맞춰 자신의 스타일을 찾아가는 게 최선이라고 생각합니다. 앞서 설명한 '일직선 법칙'은 많은 승마 서적과 교관들이 처음부터 끝까지 강조하는 기본 중의 기본입니다. 막상 움직이는 말 위에서 이 자세를 취하기는 정말 어려워서 이를 보고 프로와 아마추어를 구분하기도 합니다. 허리를 꼿꼿이 펴고 시선을 멀리 쳐다보면서 고삐와 다리 등을 자유자재로 사용할 수 있다면 말을 괴롭히지 않고 호흡을 잘 맞출 수 있습니다.

마장마술

요즘 외부 마장에서 '크로스파이어'와 다양한 궤적 그리기 연습을 하고 있습니다. '크로스파이어'는 독일 말로 덩치가 꽤 큽니다. 몸통이 커서 이런 말로 기좌 연습을 완벽히 하면 웬만한 말들은 발가락만으로도 조종할 수 있을 것 같습니다. 또한 "기좌를 잡고 다리로만 컨트롤해서 원을 도는 연습"이 도움이 된다고 해서 마장마술 연습장(60mX20m)에서 연습을 해봅니다. 가로가 20m이므로 반만 돈다고 생각하면 지름 10m의 원을 그릴 수 있습니다. 여러분이 나중에 관련 시험을 보게 된다면 마장에서 스스로 이런 기준을 잡는 것이 아주 중요합니다. 막상 시험에 들어가면 정신없기 때문에 자기만의 기준이나 요령은 큰 도움이 됩니다. 우선 원 궤적을 따라 지나갈 거리의 포인트를 정해봅니다. 마음속으로 정한 라인을 따라 끝까지 일정한 원을 계속 그려내는 것을 목표로 해봅니다. 그런데 원이 자꾸 찌그러지네요. 제 다리의 힘이 불균등하기도 하고, 원의 마무리 지점에서 자꾸 자세가 흐트러지기 때문입니다.

교관님 말로는 원을 돌기 전에 고삐나 기승자의 자세를 똑바로 정리해야 부드럽게 원을 그릴 수 있고, 고삐의 팽팽함을 유지할 수 있다고 합니다. 물론 머리로는 이해되지만, 실천이 잘 안되는 게 당연합니다. 그래서 고삐를 최대한 짧은 상태로 유지하기 위해 노력해봅니다. 말머리가 안쪽으로 약간 돌아가더라도 팽팽함은 유지해야 합니다. 시간이 지날수록 점점 좋아지리라 믿어 보는 수밖에 없습니다. 이후 지름 10m의 기본 원에서 나아가 다양한 궤적에 도전해 봅니다. 원을 작게 만들 때 체중을 살짝 안쪽으로 기울여 중심을 향하도록 합니다. 반대로 원을 넓힐 땐 다리를 써서 바깥쪽으로 배를 조금씩 눌러줌으로써 원의 궤적을 늘려도 봅니다.

원 그리기가 어느 정도 익숙해지면 8자 그리기에 도전해 봅니다. 평보, 속보로 8자 그리기를 원활하게 할 수 있다면 다음에는 구보로 8자 그리기를 해야 합니다. 여기서 잠깐, 8자 그리기는 말의 몸을 풀어주는 데 아주 유용한 운동입니다. 그런데 구보로 8자를 그리다 보면 교차점에서 발을 바꿔야 하는데, 어떻게 해야 할지 혼란에 빠지게 됩니다. 어떻게 할까요? 평보, 좌속보는 방향만 바꿔주면 되고 경속보는 한 박자 쉬고 엉덩이를 들어 박자를 맞춰 주면 됩니다. 문제는 구보입니다. 보통 전문가들은 중간 교차점에서 답보 변환 기술을 써서 발을 바꾸던데 나도 그렇게 하면 될까요? 답보 변환을 할 줄 아는 말도 있지만, 대부분의 말들은 할 줄 모른다는 게 문제입니다. 저의 '크로스파이어'도 대부분의 말 중 하나입니다. 그렇다면 2개의 고리 접점에서 말을 중립 시키는 동작이 필요합니다. 바로 '심플 체인지(Simple Change)'입니다. 해볼까요? 우선 교차점에서 양 고삐에 균등한 힘을 주고 말을 중립 상태로 만들어 봅니다. 예를 들어 구보로 진행 중이라면 교차 지점에 들어갈 때쯤 속보로 리듬을 떨어뜨린 후 다시 반대쪽 구보를 위한 부조를 줍니다.

하지만 저의 경우는 중간에 방향이 바뀌기 때문에 다리의 위치도 바뀌고, 왼발, 오른발 힘의 차이로 인해 정확한 8자를 그리지 못합니다. 원을 정확히 그려내겠다는 욕심 때문에 교차점에 도달하기 전 너무 원 안쪽으로 들어와 교차점에서 중립 타이밍을 놓치는 경우도 많고 이렇게 한 번 놓치면 다음에 방향을 바꿔 원을 만들려고 해도 원은 찌그러지고 마는 게 대부분입니다. 직진할 때보다 밸런스와 힘의 조절, 시선에 대한 훈련이 더 많이 필요한 것 같습니다.

*

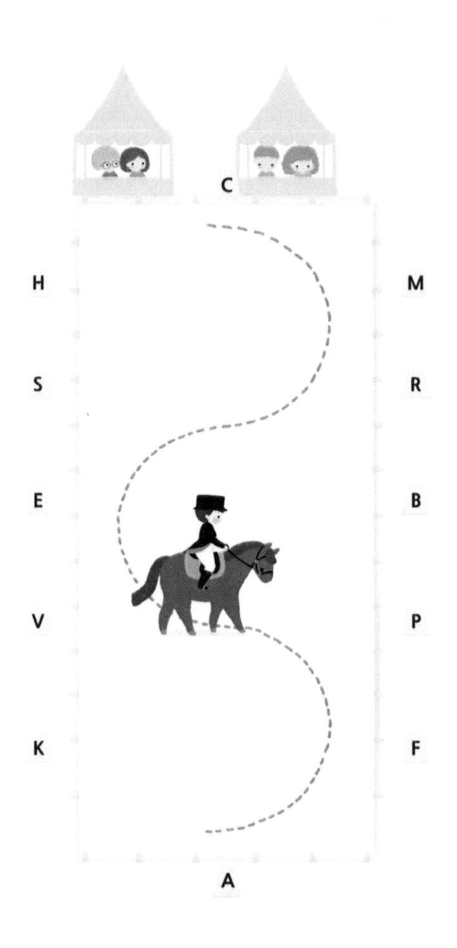

반원의 연속인 S자형 만들기를 전문용어로 반원의 수에 따라 3만곡, 4만곡이라고 합니다. 알아두면 여

러분의 허세 상식에 도움이 될 것 같습니다. 결국 S자 형으로 따라가는 것을 말하는데 쉽지 않습니다. 좌속보를 하며 온몸으로 반동을 받아 가면서 방향을 바꿔야 하는데, 방향을 바꾸는 순간이 제일 중요합니다. 반원을 그리고 다시 다른 방향으로 반원을 그릴 때 기승자는 중심을 점검하고 갑자기 늘어날 수도 있는 고삐를 정리해야 합니다. 머릿속으로는 앞으로 갈 궤적을 그리면서 반원을 계속 연결해 갑니다. 반원 하나하나의 크기를 똑같이 만들기란 결코 쉽지 않습니다. 특히, 반원과 반원의 접점이 매끄럽게 연결되기가 어려운데, 접점에서 약간 속도를 줄이거나 멈춰 다음 반원의 라인을 따라갈 준비를 하면 훨씬 수월합니다. 반원들의 연결이고, 접점을 지날 때도 직진이 아니기 때문에 부드럽게 연결하는 것이 중요합니다.

몸으로 경험하기

긴 연휴가 끝난 후 설레는 마음으로 마장을 찾았습니다. 그간 불규칙한 생활로 인해 심신이 흐트러졌기 때문에 저의 페이스를 찾기 위한 적응 시간이 필요합니다. 그런데 '스파이스'가 다리를 절고 있습니다. 수의사님이 보더니 발에 염증 때문에 며칠 쉬어야 한다고 말씀하시네요. 쉬는 동안 그동안 정리 못했던 발굽도 갈고 오랜만에 휴가를 주어야 할 것 같습니다. 말도 동물인지라 잠시 쉬어가야 할 시간입니다.

어떻게 해야 할지 고민하고 있을 때 지나가던 교관님이 '마이 레이디'라는 말을 타보라고 권했습니다. 처음 타는 말, 걱정 반 기대 반입니다. 마방에서 보니 말이 정말 크고 어립니다.

"그놈 어린 말이라 막 타셔도 됩니다. 사람 얕잡아 보고 까불긴 하지만요. 흐흐흐."

교관님의 웃음에는 어떤 의미가 담겨 있을까?

'과연 내가 이놈을 탈 수 있을까' 반신반의하는 마음으로 안장을 매 봅니다. 이전에 탔던 '스파이스'보다 훨씬 키가 크고 덩치도 있습니다. 첫 만남은 항상 설렙니다. 새로운 친구에 대한 호기심이 샘솟는 것 같습니다. 수장을 하면서 마음속으로 잘 부탁한다고 말해 봅니다. 드디어 마장에 도착했습니다. 처음이기 때문에 수장대에서 마장까지 말을 타지 않고 끌고 갔습니다. 걸음걸이도 살펴보고, 저를 잘 알아두라고 쓰다듬어주기도 하면서 한 발자국씩 맞춰 나갑니다. 드디어 첫 기승입니다. 올라타니 역시 높이가 다릅니다. 평보부터 시작해 틈틈이 고삐 길이를 점검하면서 텐션은 유지하되 말의 입이 불편하지 않도록 노력해 봅니다. 그리고 전진합니다. 몸을 최대한 풀어 준다는 생각으로 좌우로 숄더 인(Shoulder In), 숄더 아웃(Shoulder Out)처럼 평보나 속보를 통해 몸을 이곳저곳 휘게 만들어 최대한 스트레칭을 시켜줍니다.

오랫동안 좁은 마방에 있으면 말의 근육이 뭉치고 스트레스가 쌓이기 때문에 이를 해소해 주는 것이 중요합니다. 보통 가벼운 속보를 하되 기승자의 다리를 이용해 자연스럽게 말을 좌우로 휘게 하면 뭉친 근육을 풀어주는 데 도움이 됩니다. 또한 가다가 멈춰서 후진을 해보고, 작은 원, 큰 원을 좌우로 돌면서 운동의 변화를 주면 말은 나에게 더욱 집중합니다. 녀석의 몸이 웬만큼 풀어진 듯하여 구보를 해봅니다. 역시 큰 말이라 가다가 박차나 다리로 눌러주면서 리듬감을 살려 주지 않으면 금세 시동이 꺼져 멈춰 서 버립니다. 수동 자동차에 비유하면 클러치를 밟고 액셀을 살살 밟아줘야 하는데 쉽지 않습니다. 첫 만남치고는 놈의 습성을 어느 정도 파악하는 데 성공한 것 같습니다. 물론 가다가 놀라서 몇 번 날뛰긴 했지만 대수롭지 않게 넘길 수 있었습니다. 저의 몸을 감싸고 있는 보호장비와 헬멧을 믿었기 때문입니다. 첫날인 오늘은 녀석의 몸을 풀어주는 데 집중해 구보 등의 난이도가 있는 운동은 피했습니다. 힘들었지만 새로운 친구를 만나 즐겁고 재미있는 하루를 보냈습니다. 3번 정도 날 떨어뜨리려고 했지만, 친해지는 과정이라는 것을 잘 알고 있습니다.

*

말은 보통 한 달에 한 번 정도 발톱도 깎고 신발도 갈아 신어야 합니다. 이런 일을 전문적으로 하시는 분들을 장제사라고 하는데 말발굽 깎기, 편자 제작 등의 업무를 수행하며 전문자격증이 있어야 합니다. 말에게 있어서 발은 가장 중요한 부분이라 잘못 다루어지면 절대 안 됩니다. 우리도 발톱을 잘못 깎거나 안 맞

는 신발을 신으면 염증도 나고 달릴 때 부상으로 이어질 수 있는 것과 같은 이치입니다.

좌충우돌 말 적응기 ① - 체스터

'체스터'라는 말은 어리고 가벼운 말입니다. 이 녀석을 처음 봤을 때 약간의 안상*이 있어 경속보 위주로 훈련했습니다. 경속보를 할 때는 등자에 의지할 수밖에 없어 몸이 약간 앞으로 기울어집니다. 하지만 최대한 몸에 힘을 빼려고 노력하니 발의 부조도 잘 먹히고 나름대로 재미있게 운동하게 됩니다. 하지만 아직 리듬감을 익히는 부분은 많이 부족합니다. 속도 조절이 어려워 자세가 자꾸 흐트러집니다. 제가 헤매고 있으니 교관님이 '짠'하고 나타났습니다.

"등을 일자로 쭉 펴고 아랫배가 앞으로 튀어나오도록 뒤로 누우세요. 우선 하체는 신경 쓰지 말고 상체부터 교정하고 나중에 하체를 교정하자고요."

머릿속으로는 상체를 교정하려고 하는데 마음대로 될 리가 없습니다. 턱을 당기고 허리를 쭉 펴고 상체를 뒤로 젖혀야 합니다. 동그란 원통형의 말 몸뚱이를 감싸고 이 자세를 취하는 것이 왜 이리 어색한지 모르겠습니다. 그래도 어느 정도 감이 생기고 균형이 맞으니

---

* 말을 탈 때 안장에 마찰되어 등성마루 부분에 생기는 상처

말이 편해합니다. 그 증거로 굴요를 합니다. 하지만 굴요도 잠시, 제가 부조를 잘못 썼는지 다시 고개를 들어버립니다. 그때 교관님이 말했습니다. "굴요할 때 편한 느낌을 몸으로 기억하세요. 그리고 몸을 뒤로하는 동시에 다리 부조를 쓰세요." 처음이라 정말 어색하지만, 지속적으로 연습한다면 어느 정도 감을 찾을 수 있을 것이라 믿습니다.

아침에 교관님과 함께 기승 할 기회가 있었습니다. 제가 헤매고 있는 걸 보신 교관님이 잘못된 점 세 가지를 콕 집어줬습니다.

[illegible]

저의 고질적인 문제점입니다. 머릿속으로는 그렇지 않다고 생각했는데 실제로는 정말 고삐를 놔주고 있었습니다. 초보자의 짧은 생각으로는 고삐를 놔주면 말이 나가기 쉬울 것 같지만, 전진하기 위해서는 발을 써야 합니다. 고삐를 쓰는 것이 아닙니다. 고삐의 텐션을 반드시 유지해야 합니다. 추진 때문에 말의 고개가 앞으로 나갔다가 다시 고개를 정리하고 들어올 수 있는 여지를 주기 위해서입니다. 이는 고삐를 헐렁하게 놔주는 것이 아닙니다. 교관님이 조용히 말씀하십니다.

"어렵지만 유념하고 고치세요."

"손과 손 사이가 너무 벌어집니다."

이건 정말 모르고 있던 사실입니다. 역시 자기가 머리로 생각하는 것과 남이 봐주는 것에는 큰 차이가 있습니다. 방향 전환을 할 때 양손은 회전 방향을 중심으로 안쪽 고삐는 방향 제시를 해주고 바깥쪽 고삐는 막아 주는 동작을 취합니다. 하지만 이 순간에도 손과 손 사이의 간격이 넓으면 말의 머리가 움직일 공간이 상대적으로 커지게 됩니다. 이렇게 되면 정확한 방향 제시를 못 할 수도 있으니 되도록 손은 모으고 가지런히 해야 합니다.

"멈출 때 고삐로만 멈추려 하지 말고
다리를 꼭 같이 써야 합니다."

무거운 말들은 고삐를 약간 당기는 것만으로도 멈춥니다. 하지만 제 말인 '체스터'는 '예민쟁이' 중에서도 심한 '예민쟁이'입니다. 다리를 쓰면 날뛰고 고개를 이리저리 흔들지만 이럴수록 중심을 잡고 정자세를 취해야 합니다. 고삐는 균등하게 당기고 다리는 복대에 고정해서 움직이지 않도록 합니다. 가슴을 쫙 펴서 중심을 잡아 전체적으로 흔들리지 않도록 해야 합니다. 제가 과연 할 수 있을까? 의구심이 듭니다. 하지만 꼭 해내고 싶습니다.

좌충우돌 말 적응기 ② - 필란더

제가 타던 '난사무'의 발굽이 갈라져 검은 녀석, '필란더'를 타게 되었습니다. 강습용 말인데 강습생의 사정으로 제가 탈 수 있게 된 것입니다. 역시 안정성 면에서는 최고입니다. 강습용 말은 초보자들이 주로 타기 때문에 구보 연습은 되도록 하지 않고, 예민한 미동에도 반응하지 않도록 즉, 무디게 만들려고 노력합니다.

지금까지 타 온 말들이 모두 예민했어서 그런지 몰라도 '필란더'의 이런 무딘 특징이 평보와 속보에서는 만족스럽게 느껴졌습니다. 그런데 구보를 하려고 하니 모르는 것인지, 오랜만이라서 잊은 것인지 잘 안 됩니다. 조금 더 자극을 주니 아주 조금 움직이며 저를 간보기까지 합니다. 사실 '필란더'는 '따그닥'하는 리듬이 길어 기승자가 부드럽게, 안장 위에서 미끄럼 타듯이 반동을 받을 수 있습니다. 어느 정도 몸이 풀어지면 굴요도 잘되어, 타면 탈수록 재미있는 말입니다.

그런데 타다 보니 '필란더'는 오른발잡이인지 좌구보를 잘 안 하려고 듭니다. 그래서 더욱 좌구보 위주의 훈련을 해봅니다. 우선 평보로 마장을 이리저리 누비며 작은 원, 큰 원을 그리면서 몸을 풀어줍니다. 고삐 길이도 적절하고 말의 몸도 약간 데워진 상태여서 좌구보를 하기 위해 왼발로 자극을 주고, 오른발은 뒤로 빼고 음성 부조를 주었습니다. 그리고 왼발로 조금 강하게 박차를 주었는데 출발이 부드럽지 못했습니다. 제가 박차를 너무 갑자기 준 탓인 것 같습니다. 앞으로 '필란더'를 좀 더 예민하게 만들어야 할 것 같습니다.

시간이 흐르고 '필란더'가 구보를 편안하게 한다고 느껴 고삐를 점점 줄이고 다리로 몸을 감싸거나 아랫배를 눌러줘 더 수축하게 만들어 보았습니다. 그랬더니 굴요를 하면서 구보를 합니다. 이때는 말이 수축한 상태이기 때문에 기승자의 다리가 하는 역할과 손의 리듬이 중요합니다. 말머리가 움직이는 것을 따라가다 보면 손빨래하듯이 손이 움직이는데 고삐가 강한 텐션을 유지하고 있을 때 박자를 틀리게 되면 말의 진행을 방해하고 악영향을 미칩니다. 주의하시기 바랍니다.

*

말의 발굽은 사람의 발톱과 비슷합니다. 그래서 건

조하면 갈라지기도 쉬워 매니큐어 대신 전용 기름을 칠해줘야 합니다. 사람의 것보다 두꺼워 자주는 안 그러지만 만약 갈라진 곳에 더러운 마분이라도 스며든다면 염증이 생길 수가 있어 각별한 주의가 필요합니다.

말도 주기적인 네일케어가 필요합니다.

좌충우돌 말 적응기 ③ - KRA 펠로우

'KRA 펠로우'라는 말을 타게 되었습니다. 'KRA 펠로우'는 정말 큰 말이고 감각이 둔해 무거운 말입니다. 너무 안 가서 채찍을 써야 앞으로 가는데 어떨 때는 가다가 주저앉기도 하고, 고개를 돌려 기승자가 앞으로 날아가게 만들기도 하는 위험하고도 웃기는 말입니다. 저도 예전에 슈퍼맨처럼 '날아간 경험'을 한 적이 있는지라 항상 신경을 쓰고 긴장한 채로 탑니다. 이런 악벽에도 불구하고, 다른 말에 비해 덩치가 크고 발걸음이 좋아 반동은 정말 훌륭하다는 장점이 있습니다.

'KRA 펠로우'에 올라탄 지 1주 차입니다. 아주 무거운 말인 'KRA 펠로우'는 초보자가 타기에는 좋지만, 구보나 장애물을 할 때는 기승자를 애먹이는 말이네요. 놀라기도 잘 놀라, 쉽지만 또 쉽지 않은 말입니다. 구보를 시작하기는 어렵지만 발을 떼기만 하면 전차가 묵직하게 나가듯 잘 가는 장점이 있습니다. 제가 이 녀석을 통해 배운 것은 본의 아니게 발을 많이 쓰게 된다는 점입니다. 물론 음성 부조로도 재촉하지만 잘 먹히지는 않습니다. 이 녀석을 앞으로 보내려면 리듬에 맞춰 박차를 줘야 하는데 쉽지 않습니다. 교관님이 발을 사용할 때 억지로 힘을 주지 말고, 망치로 치는 것처럼 '톡톡톡' 치면 된다고 합니다. 사실 저는 긴장한 탓에 다리뿐만 아니라 온몸에 힘이 들어가서 타는 내내 낑낑거리며 말과 싸우네요. 분명 좋은 말이고, 이론처럼만 하면 되는데. 말과 조화를 이루는 일은 여간 어려운 일이 아닙니다.

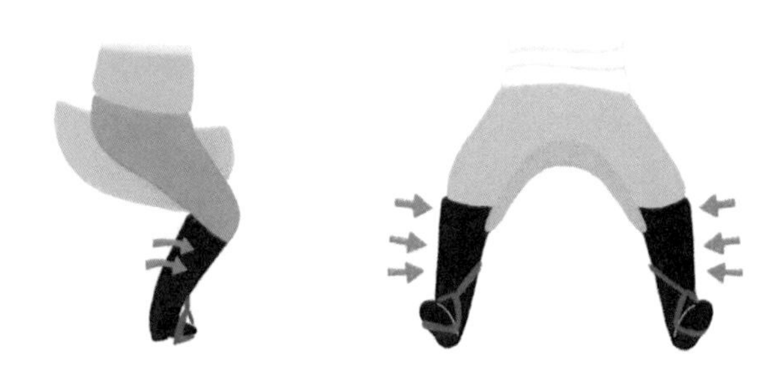

너무 힘들어서 쩔쩔매고 있으니 교관님이 채찍을 건네줍니다. 채찍은 말을 확실히 긴장하게 만들고 추진을 줄 수 있다고 합니다. 하지만 자주 쓸 경우 말이 채찍 없이는 나가지 않을 수 있습니다. 그래서 신중을 기해야 합니다. 채찍을 쓰기 위해서는 우선 멈춰야 합니다. 말이 뒷걸음칠 수도 있지만 일단 멈추고 허리를 펴고 자세를 잘 잡은 후 골반 뒷부분과 뒷다리 연결 부분을 말이 놀랄 정도로 찰싹 때려 봅니다. 말이 날뛰기 마련이지만 안정적인 자세를 잡고 있으면 어떠한 상황에도 대처할 수 있습니다. 때린 후 속보로 나가면 앞목덜미를 채찍으로 톡톡 쳐주면서 추진 의지를 보여줘야 합니다.

이렇게 채찍을 쓰면 말은 백발백중 앞으로 갑니다. 기승자는 이 흐름을 놓치지 말아야 하고 가면서 채찍으로 목덜미를 리드미컬하게 '톡톡톡' 치면 됩니다. 단 너무 흥분하면 말이 날뛸 수도 있으며 내 손이 흔들리면서 기좌나 중심이 흐트러지는 경우가 있으니 주의해야 합니다.

안전한 기승을 위한 기본 조건은 무조건 허리를 펴고 무게중심을 최대한 뒤로 두는 것입니다. 또 다리에 힘을 빼고 안장 라인을 따라 허벅다리, 종아리를 마체에 붙여 언제든 박차를 주거나 기좌를 잡을 수 있도록 해야 합니다. 귀, 엉덩이, 발뒤꿈치를 일치시키면 더더욱 좋습니다. 개인적으로 발뒤꿈치는 기승자가 타면서 최대한 뒤로 뺐다고 생각해야만 자세가 잡히는 것 같습니다. 주변에 거울이 있다면 항상 살펴봐야 합니다. 기승자가 상상하는 자세와 실제는 전혀 다르기 때문입니다.

좌충우돌 말 적응기 ④ - 오노라

오늘은 조랑말과 비슷한 종인 하프링거 '오노라'를 타게 되었습니다. 커다란 서러브레드나 웜블러드 종을 타다가 갑자기 작은 말을 타려니 모양이 안 나 약간 주눅 들기도 했고, 작은 말이 우습게 보이기도 했습니다. 하지만 저처럼 오해는 금물! 막상 타보니 정말 많은 것을 배울 수 있는 기회였습니다. 하프링거 종은 유소년들이 타기에 좋은 말로, 체구도 작고 성격도 온순해 다루기 쉽습니다. '모든 말은 선생님'이라는 말이 떠올랐습니다. '오노라'가 서러브레드 종과 다른 점은 반동이 빠르다는 것입니다. '쿵쿵쿵' 나아가는 말과 달리 하프링거는 다리가 상대적으로 짧기 때문에 '통통통' 리듬을 타며 나가는 특징이 있습니다. 결국, 기승자는 자기 종아리를 2배 정도 많이 써야 합니다. 제 생각에 하프링거처럼 다리가 짧은 말들은 기승자가 다리 쓰는 연습을 하기에 좋은 것 같습니다. 속보까지는 말이 경쾌하게 움직여 기승자가 다리를 쓰면서 자세를 유지하기 좋습니다. 하지만 구보의 경우 기승자가 몸으로 반동 받는 시간보다 말이 움직이는 시간이 빨라 박자가 잘 안 맞습니다. 박자를 맞추기 위해 하프링거의 속도를 늦추며 구보를 하면 좋겠지만, 한번 시동이 걸리면 질주하는 성격 때문에 쉽지 않습니다. 포인트는 시동을 꺼뜨리지 않고 최대한 '따그닥' 박자에 몸을 맞추는 것이나 성공률은 높지 않습니다. 3바퀴를 돌면 1바퀴 정도 성공합니다. 그리고 다리가 짧은 체형으로 인해 반동이 매우 빨라 엉덩이를 살짝 들어주고 무릎으로 반동을 흡수하면서 달리는 것이 좋습니다. 저만 서두르지 않으면서 조금씩 맞춰가면 재미있게 탈 수 있습니다. 오늘 기승을 마치고 나니 양쪽 허벅다리 안쪽이 얼얼합니다. 종아리 부분을 보니 하얗게 때가 껴 있습니다. 오늘은 종아리를 제대로 썼나 봅니다. 역시 말이 선생님입니다. 말마나 배울 점이 있고, 제각각 연습해야 할 것이 다 다릅니다. 진정한 프로라면 어느 말을 타든 상관없이 잘 타야 한다는 교관님의 말이 생각납니다.

배앓이

전 집사입니다. 요즘 고양이를 키우는 사람을 집사라고 하더군요. 약간 주객이 전도된 느낌입니다. 제 경험상 말과 함께하려면 배려심, 관심 및 상식을 갖춘 집사가 되어야 하는 것 같습니다. 살아있는 덩치 큰 녀석과 함께하기 때문에 항상 어디가 불편한지 아픈지는 없는지 여러분은 집사처럼 관심있게 관찰해야 합니다.

예전에 산통에 걸린 말을 본 적이 있습니다. 일명 "배앓이"라고 불리는 복통으로 말의 배 속 장기에 이상이 생겨서 나타납니다. 초식동물인 말은 소화를 오랫동안 시키느라 엄청나게 긴 내장을 가지고 있습니다. 장점도 있지만 이렇게 한번 탈이 나면 심각해지는 경우가 있습니다. 보통 장이 꼬였거나 잘못 먹은 게 있거나 기타 장기의 이상으로 갑자기 생긴다고 합니다. 그날도 새벽에 말을 타려고 나왔는데 옆 칸에 있던 말이 평소와 달라 보입니다. 앞발로 바닥을 마구 긁고 배 쪽을 쳐다보며 저에게 뭐라고 말하는 것 같았습니다. 결국, 누워서 대굴대굴 구르는 반응을 보이자 전 겁이 나 곧바로 관리사님과 수의사 선생님에게 연락했습니다. 다행히 빨리 수술해서 그 말은 살았지만 보통 이런 경우엔 신속한 조치가 가장 중요하다고 합니다. 여러분도 언제든지 이런 상황에 직면할 수 있습니다. 이에 대비해서 평소에 수의사 선생님과 친하게 지내시거나 마방에 비상 연락망 같은 것을 비치하는 것도 좋은 방법인 것 같습니다. 수의사 선생님이 많은 말들이 산통으로 목숨을 잃는다고 합니다. 모래를 건초와 같이 먹다가 걸릴 수도 있고 변비나 운동 부족 등 다양한 원인에 의해 발생할 수도 있다고 합니다. 이런 말을 들으니 지금껏 제가 말과 지내면서 실수하거나 소홀히 한 게 없는지 돌아보게 됩니다. 앞으론 내 친구를 위해 평상시 운동 관리는 물론이고 깔끔한 주변 정리도 필요할 것 같습니다. 말도 못 하는 녀석이니 아프면 어디다 하소연하지도 못하는 심정이 백번 이해가 됩니다.

말은 착해서 자신에게 애정을 가지고 돌봐주는 사람을 잘 따르고 순응합니다. 여러분은 친구를 잘 관찰하고 말과 교감할수록 더욱 행복해지실 겁니다.

점프의 이해

오늘은 영하 1℃ 정도로 어제보다 훨씬 따뜻합니다. 실외 마장의 모래도 뽀송뽀송한데 이유는 매일 염화칼슘을 뿌려주고 그라인더로 관리한 덕분입니다. 오늘은 '로디'를 타고 맘껏 마장을 누빕니다. 뽀송한 마장에 '로디'의 발자국이 파이는 걸 보면서 이 녀석의 걸음걸이가 괜찮은지 확인할 수 있습니다. 사실 오늘부터 점핑 연습을 하게되 걱정 반 기대 반입니다. 아니 기대보다는 저뿐만 아니라 '로디'가 교관님이 시키는 것을 잘 소화해 주어야 할 텐데 걱정이 앞섭니다.

• 감각 키우기

우선 '장애물 감각 익히기' 연습을 합니다. 횡목을 바닥에 설치해 놓고 구보로 통과하되, 진입하기 전 다리로 추진을 줌과 동시에 기좌를 안장에 착 달라붙게 연습하는 것이 포인트입니다. 하지만 교관님에게 다리를 잘못 쓴다고 계속 지적당합니다. 다리로 말을 움직이게 해야 하는데 횡목이라는 장애물이 있으니 속도나 간격 조절에 실패하게 됩니다. 그래도 횡목은 바닥에 깔려있어 말에게도 부담이 안 되고, 리듬감을 연습하기에도 좋습니다. 교관님이 횡목을 아래에 놓고 연습할 땐 등자를 길게 해 연습하고, 장애물을 연습할 때는 더 짧게 하라고 합니다.

횡목 연습이 끝나고 이젠 실전입니다. 횡목을 치우고 장애물을 만듭니다. 교관님이 점프를 할 땐 종아리를 정말 많이 사용해야 한다고 강조합니다. 코너를 돌아 장애물에 진입하는 코스입니다. 보통 코너 부분에서는 리듬을 타면서 추진을 한 후 직선 방향에 들어선 후 장애물에 가까워질수록 가만히 앉아 있어야 합니다. 사실 이론처럼 이렇게만 할 수만 있다면 구보 상태

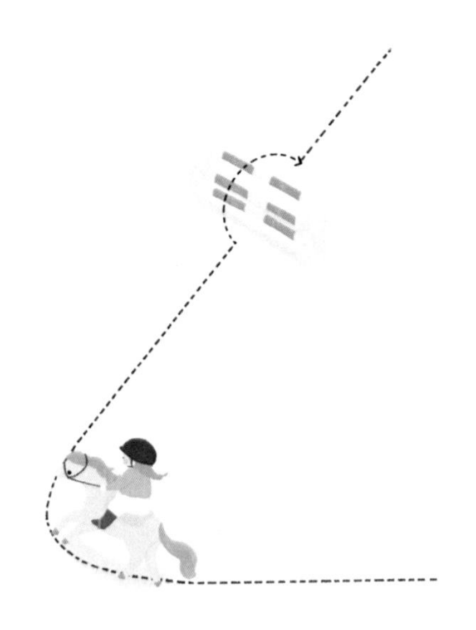

에서도 안정감을 찾고 실지로 장애물 앞 5m 정도에선 푹 앉고 다리를 조여 주면서 가만히 넘을 수 있다네요.

교관님이 시범을 보입니다. 접착제로 하체를 말에 붙여놓은 느낌입니다. 전혀 흔들림이나 어색함이 없고 공간이 허락하는 한 궤적을 크게 돌아서 장애물에 접근합니다. 그리고 멋지게 넘자마자 반드시 다음 장애물을 봐야 하고, 말이 편하게 가는 경우엔 절대 고삐 등으로 그 흐름을 방해하지 말아야 한다고 합니다. 제 눈과 머리로만 이해하고 있습니다. 잘할 수 있겠죠?

• 속도 조심

잦은 실수로 더 이상 교관님을 볼 자신이 없습니다. 이론은 코너에서 돌아 들어올 때 장애물을 보면서 리듬을 유지하고 엉덩이를 살짝 들어 그대로 들어오는 것이 정석입니다. 여기서 제가 실수로 코너를 돌다가 속도가 떨어져 손으로 빨래하듯이 고삐를 써 말을 재촉합니다. 이유는 전경자세로 인해 엉덩이를 든 채로는 종아리로 말을 눌러주지 못하기 때문에 대체 추진력으로 손을 사용한 것입니다. 잘못된 방법으로 많은 초보자가 저 같은 실수를 합니다. 교관님이 손을 빨래 빨듯이 쓰며 말을 재촉하지 못하도록 고삐를 더 짧게 잡으라고 합니다. 이렇게 하면 말의 목은 올라가지만, 훨씬 섬세하게 말의 머리를 컨트롤할 수 있고, 손이 아닌 다리에 신경을 쓸 수 있기 때문입니다. 코너를 돈 후 장애물과 일직선이 되었을 때 말이 장애물을 보면 흥분해서 갑자기 빨라지거나, 반대로 두려움을 느껴, 느려지는 경우가 있습니다. 이런 상황에서도 리듬을 유지하려면 많은 연습이 필요하며 구보할 때 속도를 높였다 줄였다 하는 연습을 많이 하면 좋습니다.

장애물 훈련 일기

오늘 아침 장애물 훈련을 할 때 많은 걸 배웠습니다. 소중한 경험을 잊지 않으려고 그때의 훈련 기록을 적어 보았습니다.

• 훈련

: 한 개의 옥사* 뛰어넘기, 우선 60cm 높이의 옥사와 1.9m 떨어진 곳에 횡목을 설치한다.(횡목은 말이 장애물을 넘기 편한 발걸음을 만들고, 기승자가 전경자세를 취할 수 있는 포인트가 된다.)

• 레벨업

: 우선 속보로 넘은 다음 구보로 넘고, 그다음에는 점점 장애물 높이를 올린다.

• 주의

: 장애물을 뛰어넘을 때는 드로우 레인을 절대 쓰면 안 된다. 나는 기본 마술을 하려고 나왔다가 갑자기 장애물을 넘는 바람에 드로우 레인을 제거하지 못했는데, 이것을 잘못 쓰면 정말 위험하다. 정확한 비월 자세를 취하고 말보다 한 박자 늦게 전경자세를 취해야 한다. 즉 횡목에서 전경자세를 준비하고, 말이 앞발을 들 때 엉덩이를 들고 균형을 유지하며 전경자세를 잡는다.

---

* 옥사(Oxer) : 두 개짜리 연속 장애물 중 앞뒤 높이가 같은 장애물로 '패러렐'이라고도 한다.

• 요령

1. 올바른 리듬 찾기 : 최대한 느린 구보, 혹은 활발한 속보로 진행하며 장애물에 다가갈수록 자신감 있게 접근한다.

2. 가만히 있기 : 최대한 침착하게 앉아있어야 한다. 말이 당신보다 훨씬 월등하고 우수하기 때문에 스스로 알아서 거리를 가늠하고 비월한다. 그러니 사람이 할 일은 말이 어느 것에도 방해받지 않고 장애물에 집중하도록 도와주는 것이다. 쓸데없이 손을 움직이거나 균형을 깨뜨리면 바보다. 그저 전경자세 전까지 깊숙이 앉아 가다가 종아리로 말의 배를 감싸고, 뛰어오를 때 말의 목을 편하게 해주기 위해 기승자의 팔과 손을 앞으로 살짝 내민다.

• 자세

: 안장 위에서 자세를 고정하고 어깨를 약간 전방으로 쏠리게 한다. 장애물 바로 앞에서 종아리를 조이고 손은 편하게, 시선은 멀리 둔다.

• 느낀 점

1. 전문가들은 양다리를 말 옆구리에 단단히 붙이고 있는 것이 인상적이었다. 기좌는 안장 깊숙이, 점프할 때는 등을 약간 구부려 말이 앞으로 나갈 수 있도록 하

고 엉덩이는 살짝 들어준다. 절대 전진 동작을 제한하지 않는 것이 포인트다. 단 고삐 연결이 끊어지면 말이 거부할 수도 있다.

2. 초보자들은 마음이 급해서 말을 급하게 모는데, 이것은 리듬과 균형을 깨는 가장 큰 요인이다. 교관님의 시범 중 말이 너무 높은 장애물을 안 뛰어넘으려고 한 적이 있다. 이때 채찍으로 벌을 주니 말이 순응하면서 잘 뛰었다. 동시에 교관님은 아낌없는 칭찬을 해준다. 역시 당근과 채찍을 적절히 써야한다.

장애물 연습과 전경자세

'KRA 펠로우'는 나이가 많습니다. 초보자가 장애물 연습하기에 좋은 말입니다. 단 감각이 무뎌 다른 말보다 자극을 더 줘야 합니다. 오늘은 'KRA 펠로우'와 장애물 연습을 합니다. 오늘의 목표는 "말이 가장 편하게 뛸 수 있는 자세를 취해주는 것, 즉 기승자가 말을 방해하지 않는 자세"인 전경자세를 완성하는 것입니다. 점프를 하면 말의 구조상 전반부가 들리게 됩니다. 이럴 때는 고삐를 아무리 짧게 잡아도 느슨해지는데 이를 잘 추슬러 점프를 방해하지 않게 해야 합니다. 장애물을 넘은 후에는 말의 후구도 위로 올라오게 됩니다. 이때는 엉덩이가 안장에 닿지 않도록 살짝 들어줘야 합니다. 특히 진입로에 들어서면 복식호흡을 하고, 차분히 앉아서 기다려야 합니다. 갑자기 점프해 고삐가 느슨해지면 그때 엉덩이를 살짝 들고 시선을 멀리 둬 전체를 보도록 합니다. 그리고 착지 후 구보로 큰 원을 그리면서 빠져나갑니다. 멈추면 말의 무릎에 무리가 가기 때문에 큰 원을 그리면서 다음 점프를 준비하면 됩니다.

• 주의할 점 5가지

1. 다리를 마지막 순간까지 써야 한다. 초보자들은 장애물 앞 마지막까지 접근하면서 다리는 사용하지 않고 말에 앉아 있는 것에만 집중하는데, 이로 인해 간혹 말이 넘는 것을 거부하는 경우가 있다고 한다. 그래서 전문가들은 장애물 비월을 손 없이도 할 수 있을 정도로 다리를 쓰는 연습을 해야 한다고 말한다.

2. 비월 전에는 머리를 자유롭게, 비월 후에는 무조건 직진한다. 또한, 말이 장애물에 접근할 때 기승자는 손을 앞으로 살짝 내밀어, 말이 자기 목을 자유롭게 사용해 균형을 잡을 수 있도록 도와줘야 한다. 말이 장애물 앞에서 고개를 드는 것은 기승

자가 고삐를 놔주지 않았기 때문이다. 그래서 순간적으로 손을 내밀어 말의 머리를 자유롭게 해주는 것이 좋다.

3. 고삐는 적당히 짧게 잡아야 한다. 기승자가 고삐를 너무 짧게 잡고 장애물에 접근하는 경우 말은 자기 목을 사용하지 못하게 된다. 또 말이 마지막 걸음을 계산하지 못하게 만들기도 한다. 그중에 머리를 하늘 높이 쳐드는 말은 기승자가 고삐를 꽉 잡고 있거나 당기기 때문인데, 보통 마르팅 게일(Martingale)로 교정하려고 하지만 잘못 사용하면 말을 더욱 자극할 뿐이니 주의해야 한다.

4. 안 좋은 자세는 말이 머리를 너무 숙인 자세이다. 장애물에 접근하면서 고개가 너무 숙여 있으면 말이 마지막 보폭을 계산하지 못한다. 또 말의 불안감을 가중 시킨다. 보통 마르팅 게일(Martingale)로 인해 목이 너무 내려간 경우인데 이때 말은 장애물을 보지 못할 수 있다. 기승자는 적정선을 지키면서 말의 목을 실찍 들어 장애물을 볼 수 있게 해야 한다. 이 적정선은 말마다 다르기 때문에, 기승자 스스로 알아가야 한다.

⑤ 만약 말이 장애물 앞에서 주저하는 것을 기승자가 느꼈다면, 고삐를 너무 짧게 잡지 말고, 양다리로 보다 세게 말을 추진시켜 장애물을 통과해야 한다. 그래도 말이 주저한다면 장애물 옆에 세우고 벌을 준다. 그다음 다시 비월을 시도해야 하며 거부했던 말에게 좋은 기억을 심어주는 시도는 반드시 필요하다. 말마다 성격과 스타일이 다르기 때문에 거부에 대한 훈련은 교관님의 지도하에 시키는 것이 좋다.

입석은 필수

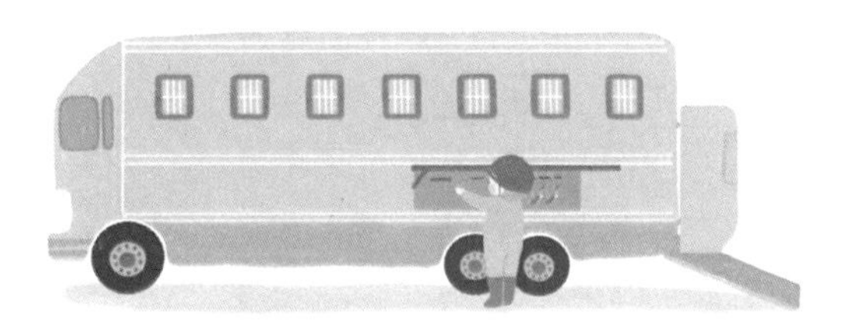

말은 먼 장소에서 열리는 경기에 참여하거나 한적한 목장에서 좀 쉬다 오기 위해서는 트레일러나 전용 버스를 타야 합니다. 먼 거리를 걸어갈 수 없기 때문에 친구들하고 함께 갈 때는 전용 버스를, 간단하게 갈 때

는 트레일러를 이용하곤 합니다. 물론 해외로 경기하러 갈 때는 비행기를 타야 하는 데 중요한 것은 다 서서 가야 합니다. 아쉽게도 4발로 서 있는 초식동물이라 의자를 만들어 줄 수도 없고 이 녀석들도 서 있는 게 편하다고 합니다.

그래서 이들의 불편함을 최소화하기 위해 전용 버스나 트레일러는 다양한 편의시설을 갖추고 있습니다. 커다란 말이 버스에 편하게 오르락 내리락 할 수 있도록 경사를 위한 개패 장치도 되어있고 좋은 차는 에어서스펜션으로 전체 높이를 낮추거나 올려줘 편리하게 타고 내릴 수 있습니다. 고급 승용차 옵션이 부럽지 않습니다. 내부에는 에어컨부터 다양한 편의시설(냉장시설, 구급함, 장구 수납장 등)이 고급 차를 연상케 합니다. 단, 일반 자동차처럼 에어백이 없어서 타기 전에 다리를 보호할 수 있는 수송용 아대나 꼬리 같은 부위를 밴드로 감싸주는 것도 필요합니다. 그리고 전문 기사님이 안전한 속도로 운전하시는 것은 기본입니다.

*

만약 말이 해외여행을 간다면 꼭 필요한 게 여권입

니다. 원래는 해외 경기 출전을 위해 말과 함께 출입국 하고자 하는 선수들의 필요로 동물 여권이 탄생했다고 합니다. 말 여권(Equine Passport)에는 말의 이름, 나이, 건강 상태부터 얼굴 모양이나 발굽 모양에 대한 특징으로 증명사진을 대체합니다. 그리고 소유자에 대한 정보까지 나와 있습니다. 이 여권을 통해 해외에서 출입국 시 신분(?) 확인도 하고 건강 상태나 신뢰성 확보 수단으로 활용됩니다. 그리고 말을 사고팔 때도 꼭 필요합니다.

해외 승마 기행 ① - 프랑스와 벨기에

프랑스와 벨기에를 다녀올 기회가 있었습니다. 확실히 그곳은 승마 문턱이 낮다는 것을 느낄 수 있었습니다. 우리에게는 '승마'가 '귀족 스포츠'라는 고정관

념을 떨치기 어려운 것이 사실인데 이들에게는 일상에 스며든 스포츠였고 말은 오랫동안 함께 해 온 반려동물로 인식되고 있었습니다. 도심만 벗어나면 말타기 좋은 초지가 발달해 있고 방목된 말을 쉽게 볼 수 있습니다.

우리나라도 어린이 축구교실, 야구 강습 등을 종종 볼 수 있듯이 이곳에서는 승마가 어린이 체육의 하나로 자리 잡고, 전문 승마 클럽과 유소년을 위한 다양한 승마 프로그램들이 마련되어 있습니다. 벨기에의 한마을에서는 주말이면 맥주와 감자튀김을 이웃들과 나눠 먹으며 승마운동회를 한다고 합니다.

벨기에의 일반 마트에서 저는 신선한 충격을 느꼈습니다. 분명 제가 일반 마트라고 했지요? 이곳에 승마용품 코너가 있는 것이 아니겠습니까? 손쉽게 승마용품을 구할 수 있는 것은 물론이고 승마용품 대부분이 우리나라 돈으로 5만원 이내로 구매할 수 있었기 때문에 누구나 '한번 해 볼까?' 하는 마음을 갖기도 쉬울 것 같아 보였습니다.

프랑스의 말 박물관에는 400년 전에 컬러로 그려진 승마 및 말 관련 책자들이 보존되어 있었습니다. 다양한 승마 기술에 대한 설명이 삽화와 함께 기록된 오래

된 서적 앞에 한참을 서 있었습니다.

우리도 기마민족이라는 역사적 배경이 있습니다. 그리고 소년체전에 승마가 정식 종목으로 채택되었습니다. 이를 계기로 많은 어린이가 승마를 경험해 보면 좋겠습니다. 그리고 주말에 가족이 근교에 캠핑을 가듯, 적은 부담으로 말과 만날 수 있는 발전된 모습을 기대합니다.

해외 승마 기행 ② - 독일

독일은 승용마 생산을 말 산업의 중심축으로 삼고 있으며 사육 두수만 170만 마리가 넘어 유럽 최대의 말 생산국으로 알려져 있습니다. 독일은 올림픽을 중심으로 스포츠가 발달해 왔으며 경기종목 중 하나인 승마를 배울 수 있는 환경 여건이 훌륭합니다. 그중 말과 기수, 생산자에 대한 교육시스템이 체계적으로 발달해 북유럽, 남유럽뿐만 아니라 중국 등 아시아 등에서도 교육받으러 올 정도로 세계화에 성공한 학교가 많습니다.

독일은 어느 서점을 가도 다양한 말 관련 서적을 구할 수 있으며 전문서적을 중심으로 독일 승마협회에서 매년 다양한 콘텐츠를 직접 생산해 보급하고 있습니다. 최근에는 다양한 승마 정보를 스마트폰 애플리케이션을 활용하여 제공하기 시작했습니다. 유료이기도 하고, 언어의 장벽도 느끼지만 다양한 아이디어를 엿볼 수 있는 채널입니다. 승마장에 가지 않아도 스마트폰의 애플리케이션만 클릭하면 승마의 세계로 빠져들 수 있으니 너무 편리합니다. 또한, 다양한 업체들이 승마 게임을 출시해 언제 어디서든 자신만의 말을 스마트폰을 통해 기를 수도 있고, 조련해서 시합에 참여할 수도 있는 환경이 되었습니다. 이러한 게임은 이미지 트레이닝은 물론이고 손쉽게 승마에 대한 상식을 공부할 수 있는 좋은 교보재인 것 같습니다. 앞으로 온라인과 오프라인의 승마 종목의 선순환을 기대합니다.

해외 승마 기행 ③ - 호주

호주에는 다양한 마차를 활용하여 경기도 하고 농업 국가이기에 실생활에 다양하게 활용하는 것으로 유명합니다. 마차는 자동차가 상용화되기 전부터 필수적인 교통수단이 되었고 전쟁 중에는 물자 보급 및 대포를 운반했다고 합니다. 평상시에는 농부들과 함께 들판에 나가 밭을 갈고 농작물을 수확하는 동력 수단으로 쓰였습니다.

승마 경기 중에서도 마차 경기는 볼거리와 즐길 거리가 넘치는 종목입니다. 특히, 말을 무서워하거나 직접 올라타서 승마를 즐기기 어려운 사람들도 아주 쉽게 다가갈 수 있어서 다양한 계층에게 매력적입니다. 또한, 대부분의 승마 종목이 말 등에 혼자 타는 1인 스포츠인데 비해 마차는 여러 명이 함께 즐길 수 있습니다.

스포츠 마차의 경기 종류를 알아보면 첫째로 마라톤 마차가 있습니다. 여러 개의 장애물을 시간 내에 통과해야 하며 4두 경기일 때는 마차 크기도 커지기 때문에 무게를 맞추고자 보조자 2명이 뒤에 탑니다. 경기를 본다면 큰 마차에는 왜 뒤에 사람들이 타고 있는지 알고 보면 더욱 재미있을 것 같습니다.

두 번째는 마장마술 경기인데 승마의 마장마술과 같습니다. 단, 마차를 타고 해야 합니다. 경기장 규격이 40*100m로 복장도 정해져 있으며 여러 가지 수행 과목을 이행하며 정해진 궤적대로 움직여야 합니다.

세 번째는 콘 드라이빙 마차 경기입니다. 고깔 모양의 장애물을 양쪽에 세우고 안전하게 그 사이를 통과하여 들어오되 멋지고 빠른 시간내에 들어오는 경기입니다. 콘(고깔) 위에 올려져 있는 볼을 떨어뜨리면 감점이며, 흰색의 콘을 오른쪽에 두고 진입하여 방향을 파악합니다. 15개 정도의 콘을 통과하는데 아주 박진감이 넘칩니다.

마차의 특징은 아까도 언급했듯이 팀으로 탈 수 있다는 것입니다. 또한, 자립으로 승마가 어려운 사람이나 어린아이도 쉽게 함께 탈 수 있는 특징이 있습니다. 여러분은 마차라는 스포츠 종목에 대해 한 걸음 더 다가섰습니다. 승마의 범위 참 넓지요?

한국의 말 갈라쇼(Horse Gala Show)

교관님과 선수들이 출연하는 말 갈라쇼를 보고 왔습니다. '갈라쇼'라는 명칭은 여러분도 피겨스케이팅을 통해 들어본 적 있을 것입니다.

'갈라쇼'라는 단어는 이탈리아어에서 유래하여, 큰 경기나 공연이 끝나고 나서 축하를 위한 큰 규모의 오락 행사*를 말하는 데 말 갈라쇼인 만큼 승마의 모든 것을 볼 수 있는 최고의 쇼였던 것 같습니다. 물론 많은 이들의 고생이 있었기 때문에 가능한 공연이었고, 그만큼 우리나라의 승마 활성화에 큰 기폭제가 될 것 같다는 생각도 들었습니다. 지금껏 승마가 대중화되지 못한 큰 이유는 일반인이 접하기 어려웠기 때문인 것 같습니다. 앞에서 본 해외의 사례들처럼 동네 마트에서도 승마용품을 살 수 있을 정도로 승마 스포츠가 활발히 보급되었으면 하는 바람입니다.

많은 대중이 가까이서 승마를 볼 수 있는 말 갈라쇼가 그 부분을 조금이나마 해소해 줄 수 있지 않을까 싶습니다. 그들의 경이로운 향연, 특히 말의 동작과 발걸

---

* 출처 : 네이버 어학사전(인용일 : 2022. 2. 28.)

음을 접하고 또 이해할 수 있는 이러한 쇼는 승마를 널리 알릴 수 있는 최고의 이벤트가 아닐까라고 생각됩니다.

승마대회의 종류

사람 욕심이 끝이 없는 것 같습니다. 승마를 처음 접하고 어느 정도 수준에 올라가니 대회도 관심 있게 보

고 자격증 취득에도 도전하게 됩니다. 걸음마 한 게 엊그제 같은데 다양한 기술을 습득하느라 정신없이 열정을 불태우기도 하고 종목에 맞춰 연습하기도 했습니다. 인터넷 검색부터 관련 책들, 동영상 등을 보며 하나라도 더 배우려고 노력했습니다. 참 보람 있었던 순간이었던 것 같습니다. 여러분에게도 추천해 드리자면 우선 승마 대회의 종류부터 공부하는 것이 좋습니다. 이런 공부를 통해 내가 어떤 종목에 맞는지 아니면 어떤 식으로 연습할지 등에 대해서 파악할 수 있습니다. 많은 종목 중에서 내가 잘할 수 있는 종목을 찾고 그 분야의 선수들을 찾아다니거나 관련 영상을 공부합니다. 즉, 전체적으로 큰 그림을 보고 관심사를 세밀하게 파고들면 효과가 있습니다.

국내엔 다양한 대회가 있습니다. 여러분이 직접 보러 가도 되고 참가하시면 더더욱 좋습니다. 이런 과정은 여러분에게 열정을 불러일으켜 드릴 것입니다. 승마 대회는 크게 엘리트 승마 대회와 생활체육 승마 대회로 구분되는데, 엘리트 승마 대회는 대한 승마협회에서 주관하며 생활체육 승마 대회는 국민 생활체육 전국승마연합회에서 주관합니다. 보통 올림픽 종목인 마장마술, 장애물비월 종목을 주로 시행하며, 생활체육 승마 대회는 지구력 경기가 활성화되어 있는 게 특징입니다. 여기서 잠깐 올림픽 경기에서 볼 수 있는 승마 대회는 마장마술, 장애물비월, 종합마술이라는 것을 쉽게 유추하실 수 있으실 겁니다.

우선 마장마술은 조직적이고 체계적인 교육을 통해 습득된 말의 온순성, 유연성, 예민성 등 말의 예술성을 겨루는 종목입니다. 특히 예술성을 기반으로 하기 때문에 평가하기도 너무 어렵고 연습하기도 어렵습니다. 보통 가로 60m, 세로 20m의 직사각형 마장에서 말의 걸음걸이와 아름다움 등을 평가합니다. 심사위원들이 우리가 공부했던 평보, 속보, 구보 등을 예리한 눈으로 관찰합니다.

다음은 박진감으로 승부하는 장애물비월입니다. 말과 기승자가 함께 전문 디자이너에 의해 설계된 총 12~15개의 인공 장애물을 비월하는 경기입니다. 전문 디자이너가 설계한 경로에 따라 다양한 조건하에 놓여 있는 여러 장애물을 비월하는 경기인데 통과하는 것을 볼 때마다 손에 땀을 쥐게 합니다. 장애물을 통과할 때마다 다리가 횡목에 걸리기라도 한다면 말의 다리도 아프고 점수도 잃게 되어 보는 이의 가슴이 아픕니다.

다음은 종합마술인데 우리나라에선 쉽게 접하지 못

합니다. 종합마술은 3개의 별도 종목으로 구성되어 3일 동안 선수가 같은 말을 기승하고 경쟁하는 경기를 말합니다. 1일 차에는 마장마술(Dressage), 2일 차에는 크로스 컨트리(Cross-Country), 3일 차에는 장애물 (Jumping) 경기를 실시하며 3일간의 점수가 모두 합산되어 최종 순위를 결정합니다. 이 종합마술의 승자는 모든 종목에 만능인 선수를 증명합니다. 부럽습니다. 전 한 종목도 허덕이는데 말입니다.

마차 경기는 마차를 모는 사람이 말이 마차를 끌게 하는 경기로 이 경기 역시 종합마술과 동일하게 마장마술, 장애물, 크로스 컨트리(Cross-Country)를 종합적으로 치릅니다. 벤허라는 영화에서의 마차 경기를 떠올리면 쉬울듯합니다. 직접 보면 치열하기도 하고 마차의 스케일과 많은 말들이 호흡을 맞추며 달리는 모습이 마치 제가 투사가 된 듯합니다.

마상체조는 말 위에서 체조하는 경기입니다. 말은 일정한 속도로 원형 마장을 구보로 돌며 기승자는 말의 리듬과 속도에 맞추어 말 위에서 여러 가지의 움직임을 연출해야 합니다. 기승자와 말의 혼연일체가 중요합니다.

지구력 경기는 승마의 마라톤 경기며, 말의 속도와

지구력을 테스트하는 경기입니다. 우리나라에선 생활체육으로 동호회들끼리의 시합이 활성화되어 있습니다. 바닷가나 들판에서 말이 열정적으로 달리는 것을 보면 기마민족의 피가 흐르는 것 같습니다. 하지만 이 모든 경기는 안전한 상황에 말과 기승자의 컨디션을 배려하면서 진행되어야 합니다.

여기까지 다양한 승마 종목에 대해 알아보았습니다. 이런 다양한 종목마다 특징이 있고 사용되는 말들이 있습니다. 또한, 선수들 체형 또한 차이가 납니다. 여러분도 이러한 종목을 관심 있게 보고 자신의 체형에 맞는 선수가 어떤 종목에서 많이 활동하는지 내가 좋아할 만한 경기는 무엇이 있는지에 대한 고민을 해보면 좋을 듯합니다.

부록

—

승마 용어 알아보기

+ 고삐

말을 조절하고 방향을 잡기 위해 재갈에 부착된 끈이다.

+ 구보

3절도 운동으로 우구보, 즉 오른쪽으로 돌 때는 오른쪽 앞다리가 보이고 좌구보일 때는 왼쪽 앞다리가 보인다. 이유는 보이는 다리가 가장 마지막에 내딛는 다리이기 때문이다. 보통 구보는 '따그닥' 리듬으로 이해하면 쉬운데, 전력 질주(습보)는 아니고 그냥 편하게 달리는 것이다. '터벅터벅'(평보)이나 '통통통'(속보)의 속도가 아니라 따그닥(구보) 박자로 간다. 정말 빨리 달리는 것을 습보라고 하는데 승마에서는 잘 쓰지 않는다. 구보하는 방법은 안쪽 다리로 자극을 주고 바깥쪽 다리는 뒤로 살짝 빼 후구(말 엉덩이 부분)를 막아

주고 고삐는 가려는 방향으로 제시해 주는 것이다. 이렇게 하면 제대로 교육받은 말은 쉽게 구보를 한다.

+ 굴레

말머리에 씌워 말을 컨트롤할 수 있게 하는 장비로, 고삐와 재갈 등 다양한 부분으로 나뉜다. 굴레와 안장은 마구 중 제일 중요한 도구로 가죽으로 되어 있기 때문에, 가죽 로션 등으로 항상 손질해 줘야 한다.

+ 굴요

말의 머리가 활처럼 굽는 것을 말한다. 말의 긴장이 풀리거나 기승자에게 복종한다는 의미로 이 동작을 취하는데, 선천적으로 불가능한 말도 있다.

+ 글갱이

목욕 후 물을 제거하거나 진흙 같은 것을 털 때 사용하는 도구로 금속과 플라스틱으로 된 것을 많이 사용한다. 목욕한 후 물기를 없애고 빨리 말리기 위해서는 '글갱이 질'을 한 번 하고 수건으로 닦아 주는 것이 좋다.

+ 경속보

경속보는 말에게 부담을 덜 주기 때문에 몸을 풀어 줄 때 많이 사용된다. 경속보에는 좌경속보와 우경속보가 있는데, 왼쪽으로 돌면서 하는 경속보가 좌경속보이고, 오른쪽으로 돌면서 하는 경속보가 우경속보이다. 보통 좌경속보에서는 엉덩이를 들었을 때 오른쪽 앞발이 보이고, 우경속보에서는 왼쪽 앞발이 보이는데 이는 다리를 딛는 순서 때문이다. 이처럼 앞발을 보이는 것을 기준으로 삼으면 경속보시 발걸음을 틀리는 실수를 줄일 수 있다.

+ 낙마

말에서 떨어지는 것을 말한다. 보통 낙마하면 '낙마턱'이라고 주변 사람들에게 식사를 대접하는 풍습이 있다. 안 다쳐서 다행이라는 의미인데, 낙마하지 않는 것이 돈을 아끼는 방법이니 각별히 조심하자.

+ 다리 쓰기

보통 종아리로 배를 눌러 줘 자극을 주고, 말이 이에 반응하지 않으면 박차를 쓰는 식으로 기승자의 손이 아닌 다리로 말을 운전하는 것이다.

+ 답보 변환

쉽게 말하면 군대에서 훈련 시 외치는 "발 바꿔 가!"라는 구령과 같다. 군대에서 단체로 발을 맞춰 가다 바꿀 때 공중에서 한 박자 뛰고 다시 가는 것을 말이 한다고 생각하면 된다. 구보에서 행해지는 동작으로 특히 8자로 돌 때 교차점에 이르러 우구보에서 좌구보, 혹은 좌구보에서 우구보로 발을 바꿔야 하는데, 이때 멈췄다가 속보나 평보로 3~4 발자국 가다가 발을 바꿔 출발하면 심플 체인지(Simple Change)이고, 이행운동 없이 공중에서 바꿀경우 답보 변환 혹은 플라잉 체인지(Flying Change)라고 한다. 매 걸음마다 다리의 방향을 바꿔주는 1보 답보, 두 걸음마다 바꿔주는 2보 답보, 세 걸음마다 바꿔주는 3보 답보 등이 있다.

+ 드로우 레인(Draw-Rein)

말을 굴요시키거나, 말의 머리를 인위적으로 잡기 위한 도구이다. 하지만 초보자에게는 권하지 않는다. 말에게 적은 힘으로도 큰 자극을 줄 수 있어 잘못 사용하면 말에게 큰 고통을 줄 수 있기 때문이다. 잘만 사용한다면 기승자가 적은 힘으로 편하게 말을 조정할 수 있는 장점이 있다. 드로우 레인은 가죽으로 된 긴

띠로 복대 고리와 재갈 링에 걸어 고삐와 함께 잡는다.

+ 등자

기승 시 기승자가 디딜 수 있도록 만들어 놓은 'D' 자형의 발 디딤쇠이다. 책에선 등자를 발바닥의 가장 넓은 부분으로 세게 밟지 말고, 그냥 그 위에 발을 살짝 올려놓으라고 하는데 초보자들에게는 쉽지 않은 일이다. 등자끈은 등자쇠에 연결된 가죽끈으로 다리의 길이와 훈련 목적에 따라 길이를 조절해 탈 수 있다.

+ 롱챕

겨울에 입는 허리까지 오는 긴 가죽 바지로 말을 탈 때 편하다. 단, 가죽으로 되어 있어 부드럽게 길들여지지 않았다면 불편할 수도 있다.

+ 마르팅 게일(Martingale)

말이 머리를 갑자기 드는 상황을 막기 위한 보조도구이다. 말을 타다 보면 갑자기 말머리가 기승자 쪽으로 올라오는 경우가 있는데, 그럴 경우 균형을 잃을 수 있고 말이 앞발을 들게 되면 머리까지 들리면서 기승자의 얼굴에 부딪힐 수도 있다.

+ 마방 굴레

말을 수장할 때 사용하는 간단한 굴레로 재갈과 고삐 없이 로프와 연결되어 있다. 마필을 이동시키거나 말을 묶어 둘 때 사용된다.

+ 마복

승마복을 보통 마복이라고 한다.

+ 마의

말이 입는 옷으로 겨울용과 여름용이 있다. 겨울에는 춥기 때문에 반드시 마의를 착용시켜야 하고 젖은 마의로 감기에 걸리지 않도록 주의해야 한다. 여름용 마의는 날벌레를 막아주고 시원하게 하는 기능이 있다.

+ 마장

승마장을 줄인 말이다.

+ 마장마술 경기

예술성이 우선시되며, 60m×20m 직사각형 경기장에서 말의 보법 변화 및 다양한 테크닉을 보여주는 경기다. 말의 움직임을 각 코스별로 정확하게 연출해야 한다. 마장마술 출신 교관과 장애물 선수 출신 교관은 종목이 확연히 다른 만큼 말을 타는 스타일도 확실히 다르다.

+ 목끈

굴레에서 목 부위에 이어 주는 끈으로, 장애물을 연습할 때 드로우 레인을 착용했다면 방해가 되지 않도록 묶어 줄 때 활용할 수도 있다.

+ 물때

말의 다리 부분에 땀이나 이물질이 끼어 털과 엉거붙는 것을 말한다. 물때로 인해 피부가 벗겨질 수도 있기 때문에 항상 제거해 줘야 한다. 사람도 물로만 샤워하면 때가 쌓이는 것처럼, 말도 샴푸나 솔질하지 않고 물로만 목욕하면 물때가 낀다.

+ 박차

부츠 뒤에 부착해 말에게 자극을 주는 쇠로 길이와 모양에 따라 자극의 강도가 다르다.

+ 반 정지(Half-Halt)

마필의 운동 도중 부조를 사용해 말의 걸음걸이나 속도를 임의로 줄이기 위한 행동이다. 말은 항상 기승자의 명령을 기다리는 상태다.

+ 반챕

반 부츠 위에 간단히 착용할 수 있는 종아리를 감싸는 가죽이다.

+ 발굽 파개

말의 발굽을 팔 때 쓰이는 도구다. 말을 탈 때마다 항상 사용하는데, 발굽에는 흙이나 볏짚 같은 이물질이 끼기 쉬워 자주 파 줘야 하기 때문이다.

+ 발 받침대

큰 말에 올라타기 위해서는 밟고 올라갈 도구가 필요한데, 그것이 발 받침대이다. 기승자의 다리가 길거나 말이 작으면 필요 없지만, 보통은 발 받침대나 다른 사람의 도움을 받아야 한다.

+ 보법

말의 걸음걸이를 말하며 크게 평보, 속보, 구보, 습보로 나뉜다.

+ 복대

안장을 고정하는 큰 가죽끈으로 기승자의 안전을 위해 최대한 조여야 한다. 말의 배가 터질 염려는 하지 않아도 되며, 단단히 고정할수록 안전하게 승마를 즐길 수 있다.

+ 부조

말에게 명령을 내리게 하는 수단으로 책에는 주부조(주먹, 허리, 기좌, 체중이동)와 보조부조(채찍, 박차, 음성) 등으로 나뉘어 있지만 자신이 편한 것을 사용하면 좋을 듯하다. 나는 보통 음성 부조나 박차, 체중, 고삐를 사용하고 가끔 채찍도 사용한다.

+ 벤딩

말의 몸이 휘는 것이다. 말은 신체 구조상 원운동이 편한데, 왼쪽으로 휘거나 오른쪽으로 휘는 것을 벤딩이라고 한다. 말 등이 하늘을 향하고 말 머리가 활처럼 휘는 것 또한 마장에서는 벤딩이라고 한다. 하지만 머리가 활처럼 휘는 것에는 벤딩보다는 굴요라는 말을 많이 쓴다.

+ 배앓이(산통)

말이 무리한 운동으로 장이 꼬이거나 먹이를 잘못 먹어 배가 아픈 것을 말한다.

+ 사료

사료는 보통 운동이나 발육을 위한 알곡류의 농후사료, 풀과 같은 조사료, 비타민과 같은 특수사료로 나뉜다. 당근과 각설탕은 간식 개념이고, 실제로는 이 간식을 싫어하는 말들도 있다.

+ 수축

평소보다 보폭이 단축되고 목이 높고 걸음이 높아 당당하고 활력이 있는 걸음을 말한다. "수축시키세요."라는 교관의 말에 따라 말을 수축된 스프링처럼 만들기 위해 고삐를 당겨 보고 다리로 추진을 줘 보지만 말처럼 쉽지 않은 기술이다.

+ 신장

보폭을 될 수 있는 대로 넓게 해 뒷다리가 앞다리 발자국을 넘는 것이 일반적이다.

+ 신장속보

속보의 속도로 신장(몸을 쭉쭉 펴서)해서 가는 것이다. 훈련 잘된 말이 다리가 쭉쭉 뻗어 구보보다 빠른 발걸음으로 가기도 한다. 마장마술경기에서 많이 볼 수 있으나, 이 기술을 소화할 수 있는 기승자와 말은 많지 않다.

+ 실내 마장

실내에서 말을 탈 수 있도록 만든 마장이다. 반대로 실외에 있는 마장은 외부 마장 또는 야외 마장이라고 한다.

+ 속보

2절도 운동으로 왼쪽 뒷다리와 오른쪽 앞다리, 오른쪽 뒷다리와 왼쪽 앞다리 순으로 동시에 진행된다. 쉽게 말하면 평보보다 살짝 빠른 걸음으로, 평보가 '터벅터벅'이라면 속보는 '통통통' 리듬으로 발랄하다. 속보는 리듬마다 엉덩이를 살짝 살짝씩 들어주는 경속보와 지그시 앉아서 온몸으로 반동을 받으며 가는 좌속보로 나뉜다.

+ 수장

말을 목욕시키거나 안장을 채우고 발굽을 파는 것을 총칭한다.

+ 수장대

말을 목욕시키거나 손질하는 공간이다.

+ 아대

말의 발목을 보호하기 위한 도구로 장애물을 연습하거나, 네 발끼리 부딪히는 일이 우려될 때 착용해 발을 보호해야 한다.

+ 악벽

니쁜 습관들을 말한다. 나는 악벽을 가진 말들을 두루 경험해 보았다. 좌구보를 하려 하면 자꾸 바깥으로 빠지는 말, 통로만 보면 자기 마방으로 뛰쳐나가는 말, 옆에 검은 봉지 등의 못 보던 물체가 있으면 마구 놀라는 말, 다가오는 말이 있으면 멀리 도망가려고 하는 습관을 지닌 말 등 정말 다양하다.

+ 안장

기승자가 말 위에서 안정적으로 앉아 있을 수 있도록 도와주는 도구다. 크게 장애물 안장과 마장마술 안장 두 가지로 나뉜다. 두 안장의 성격이 다르고, 안장에 따라 기승자의 자세가 달라진다.

1) 안장코 : 등성마루(기갑 : 안장코 앞 툭 튀어나온 말 등 부분) 부위에 씌워지는 안장의 우뚝 솟은 부분이다.

2) 안장 꼬리 : 안장의 뒷부분으로 기수가 앉는 자리 뒤쪽에 완만하게 올라가 있다.

3) 안장 날개 : 기승자의 양 허벅지가 닿는 부위이다.

+ 안상

잘못된 안장 착용으로 인해 등성마루(기갑 : 안장코 앞, 툭 튀어나온 말 등 부분) 부분에 상처가 생기는 것을 말한다. 이를 막기 위해 젤(리) 패드, 양털 패드 등의 다양한 패드로 안장과의 이격을 줄여 준다.

+ 이행 운동

보법을 변화시키는 것이다. 평보에서 속보, 구보에서 평보 혹은 속보로 발걸음을 바꾸는 것이다.

+ 양털 깔개

안장과 깔개 사이의 공간을 채우고 말의 등을 보호하기 위한 깔개다. 땀을 흡수하는 목적과 충격 흡수용으로 사용되며 대개 안장 모양으로 만들어 진다.

+ 외승

일반 마장이 아닌 논길이나 산길 등에서 말을 타는 것을 말한다.

+ 자유 평보

최대한 말의 자유에 맡긴 채 평보로 걷는 것을 말한다. 여기서 핵심은 고삐를 길게 해 줘 말이 편하게 고개를 늘어뜨리고 걸을 수 있도록 하는 것이다. 보통 마무리 운동으로 하는데, 말에게 편안함을 주고 다음 날 컨디션 회복에도 도움이 된다. 참고로 자유 평보로 숨을 고르는 정리 운동을 '쿨 다운(Cool Down)'이라고 한다.

+ 장애물 경기

다양한 조건으로 놓여 있는 여러 장애물을 넘는 경기다. 내가 지금까지 경험해 본 장애물용 말은 다리가 길고 성격이 괴팍한 말들이 많았다. 성격이 좀 있어야 겁내지 않고 뛰어넘고, 말 입장에서는 다리가 길수록 장애물이 덜 높아 보이기 때문인 것 같다.

+ 장애물 종류

1) 수직/버티칼(Vertical) : 한 개의 장애물

2) 더블 : 연속된 두 개의 장애물

3) 트리플 : 연속된 세 개의 장애물

※ 참고로 연습할 때 장애물을 X자로 놓고 운동하는 경우가 있는데, 이것의 공식 명칭은 없고 '크로스'라고 부른다.

+ 장제

말의 신발인 발굽을 바꿔주는 것이다. 말에게 장제는 정말 중요한데, 실수로 발에 있는 신경을 잘못 건드릴 경우 영원히 발을 망가뜨릴 수도 있다. 말은 보통 한 달에 한 번씩 신발을 갈아 신는다.

+ 재갈

굴레에서 쇠로 된 부분으로 말 입에 물리는 부분이다. 다양한 종류의 재갈에 따라 말에게 자극을 줄 수 있는 범위가 다르다.

+ 재킹

땀을 흡수하고 말의 등을 보호하기 위한 목적으로 사용되며, 대개 안장보다 크기가 커 가죽 안장이 말에 직접 닿지 않게 하는 역할을 한다. 재킹이 없으면 안장이 미끄러져 말의 등에 마찰을 일으키면서 부상을 유발할 수 있다.

+ 조마삭

말의 몸을 풀어 주기 위한 목적으로 약 7~8m의 조마삭 끈을 말의 두부에 연결해 이 끈을 반경으로 말을 돌리는 것을 말한다. 오랫동안 쉰 말들은 바로 운동하면 위험하기 때문에 타기 전 조마삭을 돌려주는데, 말이 날뛸 수도 있으니 주의해야 한다.

+ 종합마술 경기

마장마술과 크로스컨트리, 장애물 경기를 3일간 치

르는 경기로, 상식으로 알고 있으면 될 듯하다.

+ 좌속보

마장에서 "보통 속보로 가세요."라고 하면 좌속보를 말하는 것이다. 경속보처럼 엉덩이를 들지 않고 앉아 있는 상태에서 '통통통' 리듬을 타면서 간다. 초보자들은 이 리듬에 익숙하지 않아 말 위에서 이리저리 튄다. 특히, 다리가 고정되어 있지 않기 때문에 통통거리면서 엉덩방아를 찧기 쉽다. 많이 타다 보면 어느 순간 리듬이 몸에 익으면서 자연스럽게 갈 수 있다.

+ 젤(리) 패드

등성마루(기갑 : 안장코 앞 툭 튀어나온 말 등 부분) 부분의 안상(피부 벗겨짐)을 방지하는 젤리로 된 패드다.

+ 튄다

말이 날뛰거나, 놀라면서 예상치 못한 행동을 할 경우가 있는데 이를 시쳇말로 '튄다.'라고 표현한다.

+ 텐션(Tension)

고삐의 강도를 조절할 때 가장 많이 들었던 말이 "텐션 유지하세요."라는 말이다. 말과의 교감을 위해서는 말과 연결된 고삐의 강도가 중요한데, 너무 당겨서도 안 되고 너무 느슨하게 풀어도 안 되며 그 중간 지점을 찾아야 한다. 내 기준에서는 고삐가 탱탱한 정도가 좋은 것 같다.

+ 카발레티(Cavaletti)

횡목을 이용해 말의 걸음걸이를 훈련하는 방법으로 다리를 높게 올리는 연습과 어깨 동작 움직임이 커지는 운동이다.

+ 채찍

긴 채찍과 짧은 채찍으로 나눌 수 있는데 엉덩이를 자극하려면 긴 채찍이 편하다. 단 채찍을 사용할 때는 신중히 사용해야 한다.

+ 파리망

여름에 말머리에 파리가 달라붙는 것을 방지하기 위해 쓰는 망으로 강한 햇빛을 막아 주는 선글라스 역할을 하기도 한다.

+ 펜스

승마를 하는 장소를 둘러싼 흰색의 울타리를 말하며 펜스라고도 부른다. 높이에 따라 경계를 표시하는 울타리형 펜스와 시합용 펜스가 있다.

+ 평보

일반적으로 네 발로 편하게 걷는 4절도 운동으로 왼쪽 뒷다리, 오른쪽 앞다리, 오른쪽 뒷다리와 왼쪽 앞다리 순으로 이루어진다. 터벅터벅 천천히 걷는 것인데 기승자의 능력에 따라 걸음걸이를 활발하게 할 수도 있고 그렇지 않게 할 수도 있다.

+ 후구

말의 엉덩이 뒷부분을 말한다.

+ 하마

말에서 내려오는 것을 말한다. 특히 운동을 마치고 말에서 내릴 때는 무의식적으로 박차나 고삐를 써 말을 자극하지 않도록 주의해야 한다.

+ 횡목

장애물을 연습할 때 사용하는 긴 원통형 목재를 말한다.

기본 마장 규격(참고)

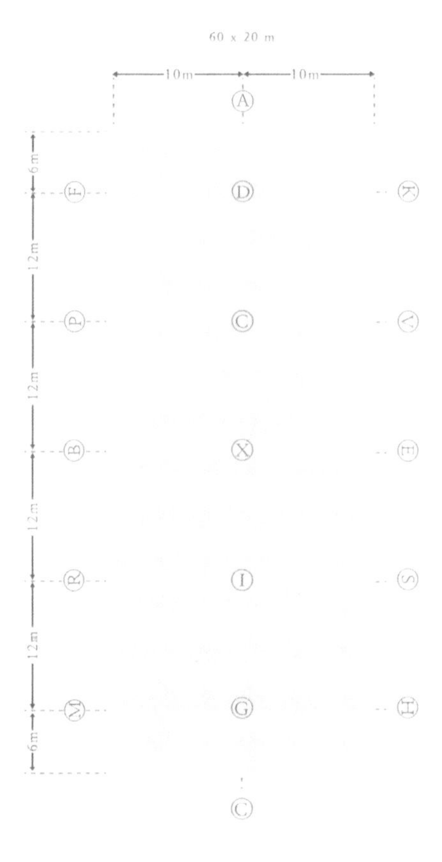

감사의 말

—

이 책은 지난 수년간 현장에서 적어왔던 꼬깃꼬깃하고 땀에 젖은 메모들이 초석입니다. “말과 말”은 독자들의 요청이 없었다면 세상 밖으로 나오지 못했을 겁니다. 몇 해 전 절판된 “1000일간의 승마 표류기”를 다시 만들어 달라는 독자분들의 요청으로 인해 새로운 내용으로 각색 및 편집하였습니다. 이와 더불어 카카오톡의 작가 공간인 “Brunch Book"에 출간했던 내용들과 함께 새롭게 꾸며 보았습니다. 지난 10여년간 만났던 많은 전문가들의 주옥같은 이론과 이른 새벽에 일어나 고군분투했던 생생한 현장을 그대로 기록하였던 내용을 오롯이 옮겨 담았습니다.

제가 겪었던 시행착오를 거울로 삼아 독자님들 스스로 승마를 “온몸으로 말을 느끼고 온몸으로 생각하고 온몸으로 표현하는 방법”을 알아 가신다면 어느 순간 진정한 승마인이 되어 있다는 걸 알게 될 겁니다.

“말과 말”은 어린 학생들도 쉽게 읽을 수 있게 내용을 구성하였습니다. 달나비 작가님과 함께 40여종의 그림으로 이해를 돕고 생동감을 불어 넣으려고 노력하였습니다.

또한 arti.bee디자이너님께서 독자가 편하게 읽기 쉬운 디자인으로 책의 표지와 내지를 아름답게 디자인해 주셨습니다. 이외에 책의 출판을 도와주신 부크크 출판사 직원들께도 감사드립니다. 마지막으로 제가 하는 일을 항상 믿어 주고, 냉정한 평가를 해 준 가장 사랑하는 아내와 두 아들에게도 감사의 말을 전합니다.

저의 짜릿하고 따뜻했던 말 위의 고군분투 이야기를 사랑해 주시는 모든 분들께 감사드립니다.